目次

『プラーターの日曜日』

プラーターの森番

都市には、それぞれその町に合った公園や散歩道などがある。ミュンヘンならイギリス庭園、コペンハーゲンのティヴォリ公園といったところがすぐに思い浮かぶ。パリにはリュクサンブール公園やブローニュの森がある。ニューヨークならセントラルパーク、ロンドンはハイドパークということになる。でもウィーンの人たちは、他の都市のそうしたものをうらやましいとは思わないだろう。ウィーンにはウィーンの森があり、ドナウ河のそばには広大なプラーター公園があるからだ。

一九二〇年代に出版された旅行案内には、「実際、プラーターに匹敵するようなものを持つ世界的な都市は、まずない」と書かれ、さらに次のように続いている。「ウィーン最大の新鮮な空気の供給源となっている、約七百万平方キロにもおよぶ素晴らしい自然公園、そしてドナウの岸辺の見渡すかぎりの広大な湿地帯の風景の魅力があり、ここほどウィーンへの来訪者に、ウィーンの心を開く場所はないだろう。プラーターのそれぞれの部分はヨーロッパの他都市のいくつかの楽しげな所を思い起こさせる。しかし庶民のヴルシュテルプラーター

(Wurstelprater)、ノーブルなプラーター(Nobelprater)、そして湿地帯を合わせて、プラーター全体として、すこぶるウィーン的だと言えるのだ」。

作家シュティフターも一八四四年に述べている。「世界でも、われわれのプラーターのようなものを持つ首都は、ほとんどないだろう。それは公園なのだろうか? いや、違う。草原だろうか? 違う。庭園だろうか? 違う。森だろうか? 違う。遊園地だろうか? 違う。では、いったい何なのだろう? それらすべてを合わせたものだ」。

ウィーン人だけでなく、ここを訪れた多くの人たちが、プラーターを賛嘆する。あのナポレオンもウィーンを占領した一八〇五年、「パリの人々のために、この森を持ち帰ることができたらと思う。その代わりに私はテュイルリー宮を与えてもよい」と語ったという言い伝えまであるほどだ。

ところで、このような広大な土地が市街からも比較的近いところになぜ残っているのかということが気になるが、プラーターは、もともと皇室の狩猟地だったところで、それを皇帝ヨーゼフ二世が市民に開放したからだ。一七六六年四月、次のような告示が出された。「今後、将来にわたり、一年のいかなるときにも、何人に対してもプラーターならびに市有地での自由な散策、乗馬、馬車の通行」を許可し、「球技、九柱戯その他、各自の好むところの許された楽しみを行うことを何人も妨げられない」。

以前はもっぱら宮廷の専有地として用いられていたプラーターを一般市民にも開放するというのは、画期的なことだった。そこで貴族たちから、これでは自分たちだけで邪魔されることなく、おもむく場所がなくなると、反対の声があがったほどだった。しかしヨーゼフ二世は、勅命の撤回を求める彼らに対して「そうした意味において余が、余とともにあるものとともに、おもむきたいところは、ウィーンにはただ一つしかない。それはカプツィーナ教会の皇帝墓所だけだ」と答えたものだった。

しかし貴族たちからの反対も、当然のことだったろう。というのもプラーターは、十六世紀の皇帝マクシミリアン二世以来、皇室直轄の狩猟地として重要なところだったからだ。マクシミリアン二世は、造園や動植物にも関心があり、オウムなどの珍しい動物を飼ったりもしていたし、狩猟も好んでいた。

宮廷の近くに狩猟場がないのを嘆いていた彼は、プラーターに目をつけ、土地を買ったり借り上げたりし、また狩猟用の館を建てさせた。そのころプラーターで狩猟の対象となっていたのは、シカや野ブタ、ウサギ、アナグマなどだった。プラーターは一五六〇年ころには、皇室専用の狩猟地として柵なども作られていた。動物が逃げないようにということもあったが、密猟者が入り込まないためでもあった。しかし後の十八世紀初めの皇帝レーオポルト一世のころには、プラーターへの立ち入りは、さほど厳しくはなく、高位の貴族だけでなく、その家臣たちもプラーターに行くことが、一種の流行になっていた。

プラーターへの立ち入りが最も厳しかったのは、マクシミリアン二世の息子、ルドルフ二世のころだったというが、プラーターを柵で囲むとはいっても、広大な湿地帯もあるわけだから、外からの密猟などを目的とした侵入者を、完全に防ぐことは不可能で、度重なる立入禁止令もあまり効果がなかった。そこで、無断侵入に対する処罰を強化し、また禁止令を破る者を見つけるために一五九二年には見張りの森番もおかれた。

この森番は、ハンス・ベンゲル（Hans Bengel）という名前の男だった。今から四百年も前の、プラーターのただの森番の名が知られているというのは、むしろ奇妙なことだが、「森番ベンゲル」は乱暴で粗野なことで名を残したからだという。

ウィーンでは、そうした乱暴者については「だから、今でもベンゲルと呼ばれるのだ」と、本に書かれていることがある。だが、これは誤りだそうだ。「ベンゲル」という言葉自体、中世のドイツ語ではすでに乱暴者といった意味で使われていたとされている。しかも、南部だけでなく北ドイツの低地ドイツ語にもあらわれていた言葉だそうだ。

しかし、この言い伝えも、どこまでが事実で、どこからが伝説なのかわからないことがある、ウィーンらしい話のひとつだ。

『プラーターの日曜日』

プラーターの風景（キリアン・ポンハイマー（1757–1828）による銅版画）

『プラーターの日曜日』

休日のウィーンの町は、いったいウィーンの人たちはどこに消えてしまったのだろうかと思うほど、人の姿が少ない。私がウィーンに住み始めてしばらくの間は、彼らの休日の過ごしかたについて、何をしているのかわからず、まさに謎だった。

デパートや商店街も、休日は閉まっているのだから、休みの日に何をするかと聞かれ、日本人のように「ショッピング」と答える人などいない。だが、どこかに、みんなが集まっているところはないのかと探してみれば、もちろんあった。プラーターの遊園地などがそうなのだ。ひっそりとした町中とはうってかわって、休日は大いににぎわいをみせている。

ウィーナー・リートに『プラーターの日曜日』という歌があるが、ウィーンの人たちの気持ちがよく現れている。その一番と二番は次のようだ。

窓から外を見よう
今日は誰も家になんかいない

『プラーターの日曜日』

日曜はともかくうれしい
お母さんはもちろん
お昼寝なんかしていない
小さなフランツルは
夢中になって叫んでいる
「お父さん、プラーターに行こうよ。
大きなブランコに乗ったり、
カスペルルの人形劇を見ようよ」
お父さんも「そうだな」とうなずき
子どもたちは「やった!」と歓声を上げる

手回しオルガンが情緒たっぷりに
序曲を鳴らし始めると
すべては回り出し
まるで船酔いにでもなったよう
でも子どもは半額です

『プラーターの日曜日』

ガタガタと走るジェットコースター
それに合わせて刻まれるポルカのリズム
子どもの手から風船が飛んでいき
まるで幻影だったかのようにパチンと割れる

この曲は一九七一年に亡くなったエメリッヒ・ツィルナーという作曲家のものだが、プラーターへこぞって出かけるというのは、今も昔も変わらないようだ。一八三五年、アドルフ・グラスブレナーは次のように記している。

「プラーターへ行こう。今日は日曜日だ。鍛冶屋の鉄床やハンマーは憩い沈黙し、工場のうなりをあげる車輪も止まり、すべての慌ただしい仕事は止む。そして人々の生気が始まるのだ。靴屋は長靴をかたわらに投げ出して急いで出かけようとし、靴屋のおかみさんも、子どもたちにきれいな色の服を着せ、新しい帽子にバラ色のリボンをつける」「みんな馬車や馬に乗り、広々としたイェーガーツァイレの通りをプラーターに向かって出かけていく」。

イェーガーツァイレというのは、今のプラーターシュトラーセの一部だったところで、プラーターが一般に開放される以前から、ウィーンの人たちは好んで散策などをしていたところだった。

そうしてやって来る人たちが楽しく飲んだり食べたりする店があれば、きっと儲かるに違いないと、目をつけた男がいた。ミヒャエル・アインエーターという人物で、身長は低く、背中も曲がっていたが仕事熱心で、お金を貯めてプラーターの入口のすぐ前に一六〇三年五月一日、店を開いた。

同じ年の夏には増築をしたほど繁盛していた。九つのピンを倒して遊ぶ九柱戯という、現代のボーリングのような設備も作ったし、さらに店ではマリオネットの芝居も演じられた。そして店の入口の上には次のような言葉が書かれていたという。

カタツムリが世界の縁を
ぐるっと回り
喉の渇いたアリが
海をすべて飲み干すまで
そのくらい長い間
神がこの店を
お護り下さいますように

その後、イェーガーツァイレのあたりには、ビールとかワインの酒場だけでなく、ウィーン方言でフッチェン（Hutschen）という大きなブランコのようなものを設置する店など、多くの店が開業した。なかでも人気のあったのは、ヴルシュテル（Wurstel）が主役を演じる人形芝居だった。フォルクスプラーター（Volksprater）といわれるあたりは、通称ヴルシュテルプラーター（Wurstelprater）とも呼ばれるが、この名は人形芝居のヴルシュテルに由来しているのだ。

ヨーゼフ二世はプラーターを開放した直後、プラーターの一部で、ワイン、ビール、コーヒーなどを飲ませる店を出すことも許可したため、入口近くの外にあった店もプラーターの中に移転した。また、町中からやってきて出店する者もたくさんいた。当時、少なくとも六十六のワイン酒場、四十六のビール酒場があったとされているし、すでにメリーゴーラウンドのようなものまでも作られていた。

そのころプラーターの公園は、日曜ともなれば、教会のミサなどには行かずにやってくる人々が、朝からあふれていた。そのため、午前十時以前にプラーターに入ることは禁止されたというし、夕方は店じまいの合図のために、大砲が三発撃たれたのだった。

ブルーメンコルソー

五月のウィーンで、春の訪れを確かめにいくのには、やはりプラーターあたりが一番だろう。『五月のウィーン』というウィーナー・リートの二番の歌詞にも、

他の町にも五月はやってくる
たしかに魅力ある五月が
女の人たちは美しく装い
光と暖かい風に満ちた
でも、でも、何千人もの女の人たちや
花々が咲いているとしても
そんな他の町には、いたくはないのです
それはいったい、どんな五月なのでしょう
そこには、プラーターはないし

ウィーンの女の人たちもいないのですから

とあるが、ウィーンの春といえば、まっさきに思い浮かぶのは、まるで雪が積もったように、白く花が咲くプラーターの中央の道、ハウプトアレーのマロニエの並木道だ。

春にプラーターに出かけていく楽しみをまず見つけたのは貴族たちだった。貴族たちは、五月の初めころ、プラーターに馬車で出かけて行くのが習慣になっていたのだそうだ。貴族や高官たち、また名士といわれる人々が、誇らしげに新調した馬車に乗って、ハウプトアレーを往復していた。

馬車に乗った婦人たちも、華やかな新しい衣装に身を包み、それを見せびらかすようにエレガントに座っていた。ビーダーマイヤー時代には、ウィーンのモードは、パリやロンドンと並ぶようになっていた。そこで、高貴な婦人たちのきらびやかなドレスを見ようと、ウィーンの人々もプラーターにやってくる。そして馬車の上の女性たちが身につけている衣装は、その年の夏の流行になるのだった。

馬車の行列は、日曜ごとに繰り広げられていたが、しだいに身分の高い人たちだけでなく、お金持ちの市民も、飾り立てた馬車に乗ってプラーターに行くようになっていく。それは裕福な市民にとって、自らの名誉のため行わなければならないことだ、とまで考えられていたのだということだ。

プラーターを歌った曲としては、ローベルト・シュトルツの『プラーターの木々にまた花が咲き』というのが、とくに有名だが、彼が作曲した『今日、馬車でハウプトアレーに行こう』という題名の歌も、春の日の日曜日、プラーターに馬車で出かける楽しさが歌われる。

今日、馬車でハウプトアレーに行こう
それは、ものすごく楽しい一日になる
急いで私の白馬たちをつないで
そして、天国に出かけるんだ
パカパカと走らせていけば
すごい大にぎわい
プラーターは、もう人でいっぱいだ
でもどんなだって、問題じゃないんです
晩には、ちょっと興奮気味で家に帰るんです

プラーターに馬車で行くことを、春の行事として定着させたのは、ウィーンの人たちから

「パウリーン侯爵夫人」と呼ばれた女性だった。正確には、パウリーネ・メッテルニヒという。つまりあのウィーン会議の折の宰相クレメンス・メッテルニヒの孫にあたる人物だ。

パウリーネの夫リヒャルトはフランス大使を務めていたが、帰国後、夫妻の家は、ウィーン社交界のひとつの中心となる。彼女は、貧しい人々の救済、ガン研究への援助などの慈善活動をした。また国際音楽祭の企画にも関係したし、『カヴァレリア・ルスティカーナ』が宮廷歌劇場で百回以上上演されていることを記念してマスカーニを呼んだり、プラハから『売られた花嫁』のスメタナを招いたりもしている。

その彼女が、一八八六年五月に「花の馬車行列（Blumenkorso）」といわれるものをアレンジしたのだ。その目的は、一八八一年十二月のリング劇場の悲惨な火事の直後につくられた救急団体への義援金を得るためだった。

花で飾られた何百台もの馬車が、マロニエの花咲くプラーターのハウプトアレーを連なって進んでいった。馬車の上で、舞踏会にでも出かけるように着飾った女性たちの首筋は、春の暖かな日差しに白く輝き、花々や帽子の羽飾りは、馬の歩みに合わせて揺れていた。

パウリーネ・メッテルニヒの計画した花の馬車行列は大成功で、三十万人もの人々がプラーターにやってきたのだそうだ。

ウィーンの最も春らしい祭といえる、この馬車行列が行われるときには、有名なシュランメル楽団の演奏や民謡歌手たちの歌、そしてウィーン男声合唱協会の合唱などもプラーターでは聴けた。プラーターの花の馬車行列は、その後、第一次世界大戦後の一九二〇年代まで、四十年ほども続いていくことになるのだった。

「プラーターのブルーメンコルソーで馬車に乗るカール・ルエーガー市長」（ヴィルヘルム・ガウゼの油彩画 1904 年）

大観覧車

ウィーンのプラーター公園といえば、まず誰もが、大観覧車を思い浮かべる。映画『第三の男』でも有名になり、今ではプラーターのシンボルのようだ。建設されたのは一八九七年、皇帝在位五十年記念行事の一環として造られたものだ。

ここに観覧車を建設しようと思いついたのは、オーストリア人ではなく、イギリス人技術者ウォルター・M・バセットだった。すでに観覧車はロンドン、シカゴなどにも出来ていて、多くの人々が訪れていたからだ。

しかしウィーン市建築局は、最初、建設計画が呈示されたときには、嘲笑的な態度しかとらず、首を縦には振らなかった。しかしバセットは大公たちや警察長官の賛成を取りつけ、建設が実現する。この大観覧車の直径は、六〇・九六メートルと、いかにも中途半端な数字のようにみえるが、イギリスのフィートでは正確に二百フィートとなるわけで、イギリスの技術によって造られたことが、ここでもわかる。

以来、この大観覧車は、一八九七年六月二十一日に完成してから百年以上も、たくさんの人々を乗せ、ウィーンの二十世紀を見つめ、まわりに起こるさまざまな出来事を眺めながら回り続けることになる。リヒャルト・シュトラウスが、一九〇二年六月、百三十名という規模の大きなオーケストラを指揮して、野外コンサートを行ったのも、この大観覧車の近くだったと言われている。

観覧車が一年で一番にぎわうのは、古くから、春から初夏にかけての堅信礼のときだった。教会に行ったあとの子どもたちが、立会人の代父（Göd）や代母（Godl）と一緒にプラーターにやってきて、まず大観覧車に乗るというのは、いまでも見られる光景だ。

『プラーターで、春に』というウィーナー・リートでも、堅信礼のころを思い出し、次のように歌われている。

日曜にプラーターに行って
大観覧車の前の子どもたちを見ると
あのころは良かったと思い出す
でもずっと昔のことだけれど

きわめて庶民的な楽しみに思える観覧車が、大のお気に入りだった有名人としては、後にサラエヴォで暗殺されることになるフランツ・フェルディナント大公が、まずあげられる。自然を愛する大公はドナウのローバウからウィーンの森、ラックスやシュネーベルクといった山々までを観覧車から見渡すのが、ことのほか好きだった。しかし、貴賓室に仕立てられた一等のワゴンに乗るのは好まず、それに乗るようとうながされても、この帝位後継者は、むしろ一般庶民と一緒に乗り込み、景色について彼らとおしゃべりするのがつねだった。

一等、二等の区分は第一次世界大戦のときまであったのだそうだ。現代では一等というワゴンはないが、一時間二二〇ユーロから二八〇ユーロほどで貸切りで借りられる特別なワゴンもある。百年も回っていると、いろいろな人が乗ることもあるもので、一番信じられないような事件は、一八九八年七月三日に起こった。

午後五時、大観覧車の下には人だかりがし、みな上を見上げていた。トリコット姿の若い女性が窓から身を乗り出したと思うと、短いロープを口にくわえ、ぶら下がったのだった。さらにロープから手を放して、両手を広げたりしている。やめるようにとの警告を無視して、窓から若い男が黒と黄色の旗を振り、彼女は体を大きく揺らし、地上で大きな布を広げている消防士たちに向かって、投げキスをしたりしたのだった。観覧車が回ってようやく降りてきた彼らは、当然、警察に逮捕されることになったが、彼らは曲芸師になりたいという希望を持つ男女たちで、自分たちの技を見せて、「就職活動」に役立てようと、一計を案じたものだった。

ところで、曲芸にも利用されたこのころの観覧車は、三十のワゴンがあつた。しかし現在ではワゴンは合計で十五しかない。ワゴンにつけられた番号には奇数番号はなく偶数番号だけだ。三十あったのは、第二次世界大戦までだった。一九四四年四月十六日の空襲による火災で六つが焼けてしまい、さらに四五年四月八日の空襲によって、残りも焼け、三十のワゴン全部が無くなってしまったのだ。

観覧車の骨組みの鉄骨だけは残ったが、戦後、安全性のため半分の十五だけで動き始めたのだ。敗戦後二年しかたたない、まだ町には瓦礫の残る一九四七年五月二五日のことだった。

一度だけお前に起こったこと
お前はひどく傷ついていた
でもお前は自分で立っていた
そこでお前を急いで直したのだ
愛する大観覧車は
あらゆる困苦に打ち克ち
なお何百年も

運命の車の輪として
回り続けるだろう

と、ハインツ・コンラーツは『わが愛する大観覧車』で歌っているが、ウィーンの人たちにとっては、やはり、そのゆったりとした回転から、子どものころの思い出が浮かんでくる、この町の重要なシンボルのひとつだ。

そして大観覧車は、あたかも歴史を、運命の車輪を司る女神フォルトナに委ねているかのように、いまでも時速二・七キロで、いつもゆっくりと回り続けている。

ウィーンのヴェニス

大観覧車が建てられた場所は、もともと、プラーターの一角の、古くはカイザーガルテンと呼ばれていたところだった。名前のカイザーガルテンからも想像がつくが、本来、皇帝の所有地だったところで、プラーターの開放以後も、一般の人々は入ることが許されないところだった。

そこが一八九一年、イギリスの会社に五万フローリンで売却され、イギリス庭園に造り変えられた。綱渡りなどのアクロバットや、シュープラットラー（Schuhplattler）という、靴底を叩いて踊るアルプスの民俗舞踊が演じられたりした。さらには、飼い慣らされたオオカミといった見せ物もあったが、これはあまり人気を呼ばなかった。

三年後、ガボール・シュタイナーという人物がここを借り受け、オットー・ワーグナーの弟子の建築家オスカー・マルモレクの協力を得て、一八九五年五月、ウィーンにヴェニスの風景を出現させたのだった。大観覧車が完成する二年前のことだ。

ガボール・シュタイナーは、ウィーンではかなり有名な男だった。父、マクシミリアン・

シュタイナーはアン・デア・ウィーン劇場の監督として、ヨハン・シュトラウスの『こうもり』の初演を行っていたが、息子ガボールもロナッハー劇場の監督をつとめ、劇場関連の経験は豊かだった。

ウィーンのヴェニスは、イタリアの宮殿を模した建物が並び、ヤシの木々が植えられ、もちろん「水の都」にちなんで運河も造られていた。水でおおわれた部分だけでも八千平方メートルもあったといわれている。運河には本物のゴンドラが浮かべられ、乗ることもできた。ゴンドラに乗っていくと、すれ違うゴンドラでは合唱団が歌っていたり、岸からはセレナードが聞こえ、また流しの民謡歌手の歌声も耳に入ってきたのだということだ。陸には、レストラン、売店、カフェー、そしてシャンパンを飲ませるパヴィリオンなどが並んでいた。

当時の『フォルクスツァイトゥング』新聞は、ウィーンのヴェニスは、「まるで磁石の山のように、あらゆるものを吸い寄せる」と記しているが、この突然出現した水の都は、最初の年だけで、約二百万人以上の入場者を数えた。

ここを訪れる多くの人々に、シュタイナーはさまざまな催しを企画した。一八九六年にはヴェニスのムラノ島からガラス職人や、ボローニャのマンドリン・アンサンブル、ナポリの楽団などを呼び寄せているし、二千人収容の劇場まであった。

そして一八九七年すぐそばに観覧車ができると、いっそうたくさんの人たちがやってくるようになった。大観覧車と「ウィーンのヴェニス」は、ウィーン子たちにとっては、十九世紀末最大のウィーン名所だったのだ。

ある人は次のように書いている。「大観覧車の足元に『ウィーンのヴェニス』が出来、ロトゥンデ前では記念すべきアドリア展示会が開かれ、また変わった演出でヴェニスの宮殿と大運河を出現させて、あらためて、この水の都に熱中しているのだ」。

シュタイナーは次々と目新しい催しを行い、ウィーン子を飽きさせなかった。奇術、道化芝居、人形劇、ヴァリエテ、闘牛、アクロバット、女子ボクシングなど、さまざまな興行が行われた。もちろんオペレッタもあり、オッフェンバックの『美しきガラテア』、スッペの『ボッカチオ』、ツィーラーの『放浪者』などが上演された。

年ごとにテーマを設けてイヴェントを行うという、現代風の試みも行って成功している。例えば、一九〇一年には「世界の町」と名づけ、エジプト風、スペイン風、日本風の町並みを造っているし、一九〇二年には、「世界の町」は「花の町」に変わり、翌一九〇三年には「電気の町」というのがテーマだった。この年に、アメリカからスーザが四十名の吹奏楽団とともに訪れ演奏した。またオリンピア・アレーナという四千人収容の野外劇場も完成している。舞台は幅三十メートル、奥行き四十メートルもあるものだった。

十九世紀から二十世紀への世紀の転換期、ウィーンの人たちは壮大な虚構の世界の中に身を委ねるように、プラーターのヴェニスを訪れ、めくるめく現実か非現実かわからない世界を覗きこんでいた。

ちょうどそのころ、作家ホーフマンスタールは、ヴェニスを舞台とした、いくつかの作品を書いていた。『ティツィアンの死』あるいは『数奇者と歌姫』などがそうだが、『数奇者と歌姫』はカサノヴァをモデルにして、水に浮かぶ町の、真実と虚偽とが揺れ動くあやしい二重性を描いている。

だが、ウィーンのごくふつうの人たちは、ハプスブルク帝国の現実を知ってか知らずか、プラーターでゴンドラに楽しげに乗っていた。よく引用される言葉だが、「ヴェニスの沈んで行く先は分かっている。しかしウィーンはどこに向かって沈んでいくのか分からない」のだった。

プラーターの大観覧車とゴンドラ乗り場（1899年、1895年撮影）

ブラヴォー・シュトゥーヴァー！

日本の夏の夜を彩るものといえば花火だが、ウィーンの夏の花火大会は、それほどは多くない。しかし、湖畔で開かれる夏のオペレッタでは、必ずといってよいほど、終幕には花火が盛大に打ち上げられる。

例えば、ウィーンの南東のノイジードラー湖畔の町メルビッシュでは、夏になると湖上に舞台が作られ、ウィーンのフォルクスオーパーなどから、人気のある歌手を呼んでオペレッタが上演され、最後に花火が上がっていた。

そうした花火も、日本のように技巧を凝らしたというより、大団円を派手に演出するというもので、単純な打ち上げ花火が数分間続くだけだ。毎年新作が登場するのに見慣れた日本人の目からすると、かなり物足りない。

しかし、そもそも花火は、ヨーロッパではなじみのないものだったのかというと、じつはそうではない。ウィーンでも、すでに十六世紀ころから、何か大きな祝祭のときには、花火が打ち上げられていたという。

比較的よく知られたところでは、一七三二年、アム・ホーフに、現在はウィーン市消防本部になっている兵器庫が完成した折の花火だ。皇族、貴族、政府高官をはじめとする人々が参列し、数千の見物人が見守る中、トランペット、太鼓、合唱の音楽が奏でられ、花火が打ち上げられた。

だが、ウィーンの花火がとくに有名になるのは、一七七〇年代に入ってからだ。一七七一年、イタリア出身のジランドリーニが、プラーターで最初に花火大会を開催した。プラーターが市民に開放されてから五年後のことだった。一七七二年には花火大会について次のように書かれたものが残されている。

「すべての建物が明々と照らし出され、白く、そして黄色い千もの明かりが点けられたようだった」「このまさしく一見に値すべき光景は何分間も続き、大喝采を浴びたのだった」。

その翌年、一七七三年に競争相手として登場したのが、バイエルンのインゴルシュタット出身のヨハン・ゲオルク・シュトゥーヴァーで、ジランドリーニとプラーターで花火を競いあった。シュトゥーヴァーが金曜日、ジランドリーニが日曜日に花火を上げていた。

「ウィーンには二種の花火があるのだ。ドイツのものとイタリアのもので、どちらの花火師にも贔屓がついている」「双方とも、懸命に激しくわたりあっている」と、当時の人は記している。

二人の花火師は、仕掛けを組んで花火を上げた。ジランドリーニが「ジュピターの神殿」を演出すれば、シュトゥーヴァーも「ヴィーナスの宮殿」を出すといったように、お互いに対抗意識を持って競いあっていた。現在のウィーンの話題と比べてみれば、例えば、歌劇場とブルク劇場を合わせたほどの話題を、花火師たちはウィーンの人々に提供していたのだ。

結局、この競争に勝ったのはシュトゥーヴァーのほうだった。シュトゥーヴァーの花火には、約三万人もの人々が集まったといわれている。作家ヨハン・ペッツルも「彼が自らの芸術に栄誉をもたらしたということを、認めねばならない。花火のある日々は、プラーターの最も素晴らしい日々であるのだ」と書いている。

シュトゥーヴァーに対抗する花火師が、他にいなかったわけではないが、今に名を残している人はいない。ヨハン・ゲオルク・シュトゥーヴァーが一七九九年に引退したのち、しばらくしてから息子のカスパーが後を継ぎ、さらにその後、子どものアントン・シュトゥーヴァーが花火師となり、さらにアントンの死後、同名の息子が同じ仕事に就いていくというように、シュトゥーヴァー一家はウィーンの花火の歴史そのものだった。

百年以上にわたって、ウィーン子たちはシュトゥーヴァー家の花火に魅了されていた。彼らは、花火が上がるたびに、ちょうど「玉屋ー！」「鍵屋ー！」のように、「ブラヴォーー、シュトゥーヴァー！」（Bravoo Stuwer!）と叫んでいたのだが、「ブラヴォー！」と言うとき、

「ラ」にはアクセントを置かず、花火が空に尾を引いて飛ぶのに合わせ「ヴォーー！」と強く長く叫んだのだった。

シュトゥーヴァーは、ウィーンで誰一人知らぬ人がないほど有名だったし、花火大会を開けば、巨額の入場料金が手に入った。しかし、彼らにも頭の痛い問題があった。それは雨だった。『アイペルダウアーの手紙』でヨーゼフ・リヒターは「ここのところずっと麦藁もからからになるほどの良い天気だったのだが、ところがシュトゥーヴァーが花火を上げるというと、たちどころに雨が降り出した」と書いている。

花火が延期されると、入場券を持つ人は、次の回には無料で見られたので、その分の収入が減ることになった。ウィーンでは「シュトゥーヴァーの花火といえば雨が降る」とまで言われていたそうだ。

人気役者のヴェンツェル・ショルツは、舞台でそんなことをからかって、芝居をしていた。仕立屋から出来てきたばかりの服を着て出かけようとすると雨が降り始める。脱ぐと急に良い天気になる。そこでまた着ると、ざあざあと雨が降る。思い余って服を切り裂いてみると、裏地の中には、シュトゥーヴァーの花火大会の入場券が縫い込まれていたのだった。

プラーターの花火会場の昼と夜（1825 年）

消えた湖

ウィーンは、プラーターの近くにドナウの水辺があるが、大きな湖となると、ブルゲンラント州とハンガリーとの国境にあるノイジードラー湖が有名だ。夏になるとウィーンの人たちは、水泳や釣りによく出かけていくところだ。

第一次世界大戦後、海を失ったオーストリアだが、この湖は、しばしば「ウィーンの人々の海」などと呼ばれることもある。またノイジードラー湖のほとりの町には、ノイジードル・アム・ゼー、ルスト、メルビッシュなどがあるが、いずれも人口二千人から四千人ほどの、のどかで小さな村々だ。

メルビッシュは、毎年夏、ウィーンのフォルクスオーパーなどの歌手が出演する湖上音楽祭が開かれることで、外国にも知られるようになってきている。

例えば、一九九九年は、ヨハン・シュトラウスの『ヴェニスの一夜』が上演され、二〇〇〇年は『ジプシー男爵』が取り上げられた。現在は以前より座席数が増え、四千五百人も収容可能になったが、観客席全体も高い位置に作り直され、舞台が見やすくなっただけでなく、湖越しにハンガリー方面も、よく見渡せるようになった。

オペレッタの演じられる舞台はノイジードラー湖の水の上に設置されているが、この湖は水深が浅く、約一メートルから二メートル程度しかない。湖の畔には、たくさんのヨシが繁っていて、水鳥の種類も多く、冬ここで越冬する鳥たちもたくさんいる。湖の東南部、つまり舞台の正面の奥のほうは自然保護地域になっている。

ノーベル賞受賞者のコンラート・ローレンツはノイジードラー湖について、とくに注目すべきは湖の風景だと、次のように述べている。

「自然への理解が欠けている人だけが、それを単調だとか、寂莫としているなどと言うのだろう。素晴らしい初夏の日、ボートに乗って湖ごしに東の方を見ると、色彩は大きく三つの色だけに別れて見える。白い水、そしてそれと平行して縁取られた帯状の緑のヨシ、そして青い空だ」。

ノイジードラー湖は、幅が南北は約三十五キロ、東西が約七キロから十五キロで、面積は三百二十平方キロとされている。ところが湖岸がどこかは、湿地状になった部分がほとんどで、ヨシなどが成育していて、正確にはわからないのだともいわれる。三百二十平方キロというのは、あくまでも辞典的な面積だ。

ヨシは四百メートルから三千メートルの幅をもって湖のまわりに生い茂っている。水深が

一、二メートルというのは、この湖の形が、いわば底の浅い洗面器のようだということだ。ここに注ぎ込んだり、流れ出たりする大きな川はほとんどないので、その年ごとに面積が大きく変わってしまう。地下水の状態が、湖の水の量に関係しているのだといわれている。
古い書物の中で、ノイジードラー湖の面積について書かれたものとしては、一七八〇年、ヨハン・ヒューブナーという人が記した辞典があり、そこには「長さ七マイル、幅三マイル。特に舟は多くない」とある。

しかし、十八世紀末に使われていた一マイルという長さの単位は、約七・五キロのことだったのだというから、そのまま計算してみれば、湖の面積は千平方キロを越えてしまう。これは、にわかには信じがたい。別の資料では、一七八六年には五百十五平方キロだったと記されている。それでも現在の面積よりずっと大きい。

たしかに、ノイジードラー湖は水があふれるほど大きくなったことも、過去何回かある。記録では、一七四一年と四二年、一七八六年、一七九七年から一八〇一年にかけて、一八三八年、そして一九四一年だ。

その一方で、ほとんど湖が消えてしまうほど枯渇したこともある。それは一七四〇年、一七七三年、一八一一年から一三年、一八六四年から七〇年のことだった。

一八一一年から一三年にかけて、ほとんど干上がっていた湖も、一八五四年には三百五十四平方キロとなって、十九世紀中で最も大きな面積だったと記録されている。ところが一八六四年からは、また湖の水がほとんどなくなってしまった。それは六年ちかくも続き、その間、ノイジードラー湖はまったく消えていたのだった。

そこで農民たちは、かつては湖の水に浸かっていた土地を、農地として耕作し始め、穀物の種を植えていった。小さな小屋も、次々と建てられ始めたが、それだけではなく、教会の礼拝堂までも建築されるようになっていった。いままでは水の中だったところだから、誰の所有地というわけではなかったが、しかし湖が干上がったために、突然、土地の所有権をめぐっての争いや、境界についての紛争などが起こったのだという。

ところが、一八七〇年になると、ところどころから水が湧き出してきて、いくつかの池が出来た。そして一八七一年には、それらの池がひとつにまとまって、再び小さな湖になっていった。そして湖は数年かけて、しだいに大きく成長を続け、再びノイジードラー湖が出現した。一八七七年には礼拝堂が水没し、一八七九年に、まだ残っていた小屋の最後のひとつが水の中に消えたのだった。

『ウィーンのフィアカーの歌』

輿からフィアカーへ

ウィーンのリング通りや、旧市街のシュテファン教会のあたりには、観光用の馬車フィアカー（Fiaker）が、たくさん走っている。通り沿いの景色をながめたり、ビデオをあちこちに向けたりしている観光客を乗せ、ゆったりと、ひづめの音を響かせている。

ウィーンの町を思い浮かべると、その風景の中に、ごく自然にとけこんでいるフィアカーだが、このフィアカーという言葉はもともとドイツ語ではなく、さかのぼるとフランスのパリに行き着く。

七世紀の後半、アイルランド出身の僧がフランスに修道院をつくった。この人は聖フィアクリウスと呼ばれた。この僧の名にちなんだパリの宿屋サン・フィアクルで、一六六二年、小型四輪の貸し馬車を始めたことから、そのような馬車のことを、一般にフィアクルと呼ぶようになり、それがウィーンに入ってフィアカーと言われるようになったのだとされている。

ウィーンでは一六九三年、皇帝レーオポルト一世が、最初の辻馬車免許を与えている。しかし当時は、ごくふつうの人たちは、そんなに急いで町中を行く必要はなかった。急がねばならない軍人たちは馬に乗っていたし、皇族は言うに及ばず、貴族たちも自分たち専用の馬車を持っていた。

それでもフィアカーはよく利用されるようになっていき、十八世紀終わりころには六五六のフィアカーに登録番号が与えられている。スプリングも付き乗り心地もよくなっていたこともあるようだが、十九世紀半ばまでのビーダーマイヤー時代に最盛期を迎え、当時のウィーンの町の風景の中におさまっていた。

一八四四年に書かれたある作家の文にも、フィアカーの御者は「心地よさとウィット、がさつで、ひょうきんで、サテュロスのように好色で、陽気で、はめを外す」といったものがミックスされていると書かれているが、ウィーンの路上で働く人々のひとつの典型だった。

一八五〇年に作られた、ウィーナー・リート『古いウィーンのフィアカー』は、そうした御者の歌のひとつだ。

炭のように真っ黒な二頭の馬を
二人乗りの軽やかな馬車につないで
その駆けっぷりとくりゃ
それは誰にも言えないくらい

『ウィーンのフィアカーの歌』

楽しいものさ

と、のんびりとした古き良き時代を思わせる曲で、三拍子で歌われる。

ところで、当時フィアカーと競合関係にあったのは、イギリスを真似たキャブというもので、フィアカーが二頭立てで四輪であるのに対して、キャブはたいてい御者が前ではなく客席の後方上部に座り、一頭立てで二輪だった。だが、快適さの点ではフィアカーにかなわなかった。

またもうひとつ、日本風にいえば「輿」というようなものもあった。屈強な二人の男が、窓のある箱型の輿につけられた二本の棒を持って運んでいく。

フィアカーは許可制で、運送業務に何年か従事し一定の資金があり行状にも問題ない者に免許が与えられたのだが、輿で人を運ぶ者（Sesselträger）は、一七八二年の「輿に関する法令」で規則が定められてはいるものの、腕力さえあれば誰でも営業はできた。

もともと、輿は王宮だけで使われていたものだが、一六八九年、王宮で近侍として仕えるミヒャエル・ド・ラ・プラスに対して、輿を用いての営業が許されたのが始まりだった。十八世紀初めごろから、かつて王宮で働いていた者たちが町中で輿をかついで金を稼ぐようになり、一般にも広まっていった。赤い上着が彼らのお定まりだった。「そこで彼らはカニとも呼ばれていた」と、ヨーゼフ・リヒターは『アイペルダウアーの手紙』の中で書いている。

二本の棒に結んだベルトを肩にまわして輿を運んでいたが、その走る早さは、誰もが知るところとなって、「輿を運ぶ者のように走る」という言い回しが、ウィーンでは使われるようになった。しかし、彼らの不作法で粗野なふるまいも有名で、「輿を運ぶ者のようにののしる」という慣用表現は、現代まで残っている。

だがそうした彼らも、フィアカーや乗合馬車の登場にともなって、次第に姿を消していく。ヨーゼフ・リヒターは、また次のようにも記している。

「何年も前には、輿を運ぶ者たちには、いわゆる頭のような人がいて、彼らに規律を守らせていたのだった」「しかし残念なことであるが、すべては変わってしまった」「夜、急いで輿に乗りたいと思っても、見つけるまでに半時間ほども探し回らねばならない。彼らの輿や制服を見ても、かつてのように裕福な思いはしないのだ」。

リヒターがこのように書いたのち、ビーダーマイヤー時代やウィーン革命を経ても、輿を運ぶ人たちは、細々と営業を続けていたが、しかし結局、最後に残っていた輿の運搬人も、一八八八年、営業を取り止めている。

ゼッセル（輿）とツァイゼルヴァーゲン（乗合馬車）

『古いフィアカーの歌』

ウィーンの旧市街やリング通りを行くフィアカーの歩みは、のんびりとしている。たまたま後ろについてしまった自動車は、クラクションを鳴らすでもなく、ドライバーはあきらめ顔でゆっくりと馬の歩みに合わせて進んでいく。ウィーンという町自体、観光が重要な収入源であるのだから、それもしかたないと思っているのだろうか。

ウィーンのあれこれについてシニカルな定義を与えているある辞典では、フィアカーという項目には次のように書かれている。

一、ウィーン旧市街における伝統豊かな交通の障害物。

二、観光客に対して、彼らがすでに絵葉書で知っている有名な名所を、ゆっくりと走りながら説明する御者のこと。

今でこそ、このような定義づけまでされるようなフィアカーではあるものの、十九世紀半ばには、現在でいえばタクシーのような都市交通の重要な部分を担っていたが、当時、「輿」以外にも、さまざまな競争相手がいた。

すでに十八世紀から、リーニエと呼ばれていた現在のギュルテルの外へは、ツァイゼルヴァーゲン（Zeiselwagen）という、乗合馬車が走っていた。ツァイゼルヴァーゲンは、簡単な幌をかけただけで、二十人もの人を乗せて走るので、とても快適とはいえなかった。郊外のウィーンの森などへの遠出のときに裕福な人たちが利用したのは、エレガントな制服を着た御者が走らせるヤンシュキーヴァーゲン（Janschkywagen）という四人乗りの借り上げ馬車だった。

ヤンシュキーというのは人の名で、十九世紀の前半、現在のドナウ運河沿いのロサウにあった厩舎に二百頭もの馬を持っていたヨーゼフ・ヤンシュキーのことだ。一八二〇年代のウィーンで最大の馬車業者だった。このヤンシュキーヴァーゲンは、ウィーンから地方に出かけるときにも利用された馬車で、数日単位で借りなければならなかったのだそうだ。

フィアカーは二頭立てだったが、座席に幌をかけるのではなく箱型をした一頭立てのアインシュペナー（Einspänner）は、フィアカーの約半分程度の料金で利用できたため人気があったし、二頭立てで箱型の客席付きのものはクーペと呼ばれていた。さらに一頭立ての馬車でも、キャブのように二輪ではなく、四輪のコンフォータブルというものも登場した。

ウィーン革命後の市内は、馬車などの通行が多くなり、きちんとした道路交通の規則を定めなければ混乱するし危険だということから、一八五二年七月十二日、左側通行という規則が導入されている。またフィアカーについての規則は、すでに一八〇〇年からあったが、馬車が増え続け実情に合わなくなっていたため、一八五四年十月三十一日、新たな「フィアカーならびにアインシュペナーに関する規則」が公布されている。

その規則によれば、フィアカーはウィーン市外にまで客を乗せていくことができるが、アインシュペナーは、リーニエから外に行く場合は一時間以上の道のりを離れてはならないとされていた。

流しをして客を拾うことを、御者たちの隠語で「物乞い歩き」（Stapeln）と言うのだそうだが、それはあらためて禁じられ、フィアカーとアインシュペナーそれぞれ別の乗り場が設けられた。また乗車拒否をすると、馬車の経営者は四十八時間の拘禁刑、御者は梶棒による十回の殴打などと決められていた。さらにスピードの出しすぎにも罰金が課せられていた。それはウィーナー・リート『古いフィアカーの歌』の中で歌われている。

おれは御者
朝早くから起きるんだ
なぜって寝てなんかいられない
のどの渇きがそうさせるんだ

『ウィーンのフィアカーの歌』

乗り場で待っていると
すぐに紳士がやってきて言うんだ
「二グルデン払うから急いで町へやってくれ」
急ぎすぎは、警察からのお達しで御法度ですよ
二グルデンもらったって
罰金は三グルデン
だって、お上からのお達しで
急ぎすぎは御法度です
面白がってなんかいられません
すぐに牢屋に放り込まれちまうんでさぁ

と、あくまでもゆったりとした四分の三拍子のリズムで歌われる。

『ウィーンのフィアカーの歌』

フィアカーを歌った『ウィーンのフィアカーの歌』は、数多いウィーナー・リートの中でも、最も有名な曲のひとつに数えられる。一八八五年の五月、プラーターの祭の折に、フィアカー記念行事も行われることになったが、その時歌われたのが、グスタフ・ピックの作詩、作曲のフィアカーの歌だった。

グスタフ・ピックはアマチュアの作曲家だったが、歌ったのは、当時、人気随一の俳優アレクサンダー・ジラルディだった。名前からもわかるように、彼の父はイタリア人でコルティナ・ダンペッツォ出身だった。グラーツに生まれたアレクサンダーは父の職業と同じ錠前師の修行をしていたが、役者になりたいという欲求が強かった。彼は演劇や歌の特別な教育を受けることなく二十一歳のとき舞台に立ち、その後、シュトラウスやレハールのオペレッタ、そしてとくにライムントの芝居で人気を博していく。

作家フェリクス・ザルテンは次のように書いている。「よく言われるのは、ジラルディはウィーン的なものを典型的に表現し、ウィーン風のもの、真のウィーンらしさを正真正銘に具現化している、ということだ」。ウィーン出身でない、まして父親がイタリア出身の彼が、このように言われるのも、「生粋の」ウィーン人とは何かということからしても面白いが、そのジラルディが、最もウィーン的なフィアカーの歌を歌ったのだ。

一八八五年五月二十四日、ジラルディは粋なフィアカーの御者の服装で登場した。格子模様の服を着て、真っ赤なネクタイをつけ、ポケットからはハンカチをのぞかせ、懐中時計には銀の鎖がつけられていた。もちろん、シュテッサー（Stesser）と呼ばれる、フィアカーの御者のトレードマークである丸みをおびた帽子をかぶっていたという。そして、プラーターの万国博覧会のために建てられたロトゥンデの中で、ジラルディは歌い始めた。

あっしの馬たちゃ元気なもんさ
いつもグラーベンにいて
その駆けっぷりといったら
そうは見られるもんじゃない
鞭なんかいらないさ
打ったりなんかしなくたって
チッチッ、と言えば十分さ

余計なことすりゃ、車が吹っ飛ぶぜ
仔羊館からプラーターのルストハウスまで
十二分もありゃ行けるんだ
ギャロップなんかじゃなく
パカ、パカ、パカと行けばいいのさ
そのあとひとっ走りすりゃ
ほら感じるんでさぁ
すごい脚を持ってるんだと
おれは、ほんとのフィアカーだと
御者には誰だってなれるだろうが
でもやっぱりウィーンでなくちゃ
あっしの誇りといえば
生粋のウィーン子だってこと
どこにでもいるってわけじゃない
フィアカーだっていうこと
あっしの血は、風みたいに軽いんだ

『ウィーンのフィアカーの歌』

生粋のウィーン子なんでさぁ

この歌詞はウィーン方言がかなりきつく、ウィーンで育ったり、相当長い間暮らし独特の発音に慣れた歌手でないと、なかなか歌えない。北ドイツ出身のドイツ人などに言わせると、とても同じドイツ語とは思えないとまで言うし、実際、一度聞いただけでは、ほとんど何を歌っているのか分からないのだそうだ。しかし、ジラルディが歌って以来、『ウィーンのフィアカーの歌』は人気を呼び、不滅の名曲といわれるまでになっていく。

少し古いところでも、パウル・ヘルビガーやエーリヒ・クンツなどの歌は名唱としてよく知られているし、現代でもたとえば、ペーター・アレクサンダーやハインツ・ホレチェク、クルト・リードル、ワルター・ベリーなど、さまざまな歌手のCDを聞くことができる。

ところで、この曲の初演者であるジラルディは、いったいどのように歌っていたのだろうか。幸いにも、彼の録音は残っている。ピアノ伴奏で歌うジラルディのウィーンなまりの声は、力強いと同時にしなやかで、いま聞いても少しも古さを感じさせない。

だが彼の歌は、残念ながら一番しか録音されていない。蝋管などを使った当時の録音時間の短さからすれば、それもいたしかたないだろう。ところが現代でも、このフィアカーの歌は、全部が歌われることはほとんどない。最初と最後の部分が歌われるのが通例だ。

しかし『ウィーンのフィアカーの歌』は、実際には八番まであるのだ。全曲を歌えば十数分もかかる。一八八五年五月ジラルディの歌に聴衆は熱狂し、アンコールを求め続けた。そこで彼は十数分かかる曲を三回繰り返して歌ったのだった。

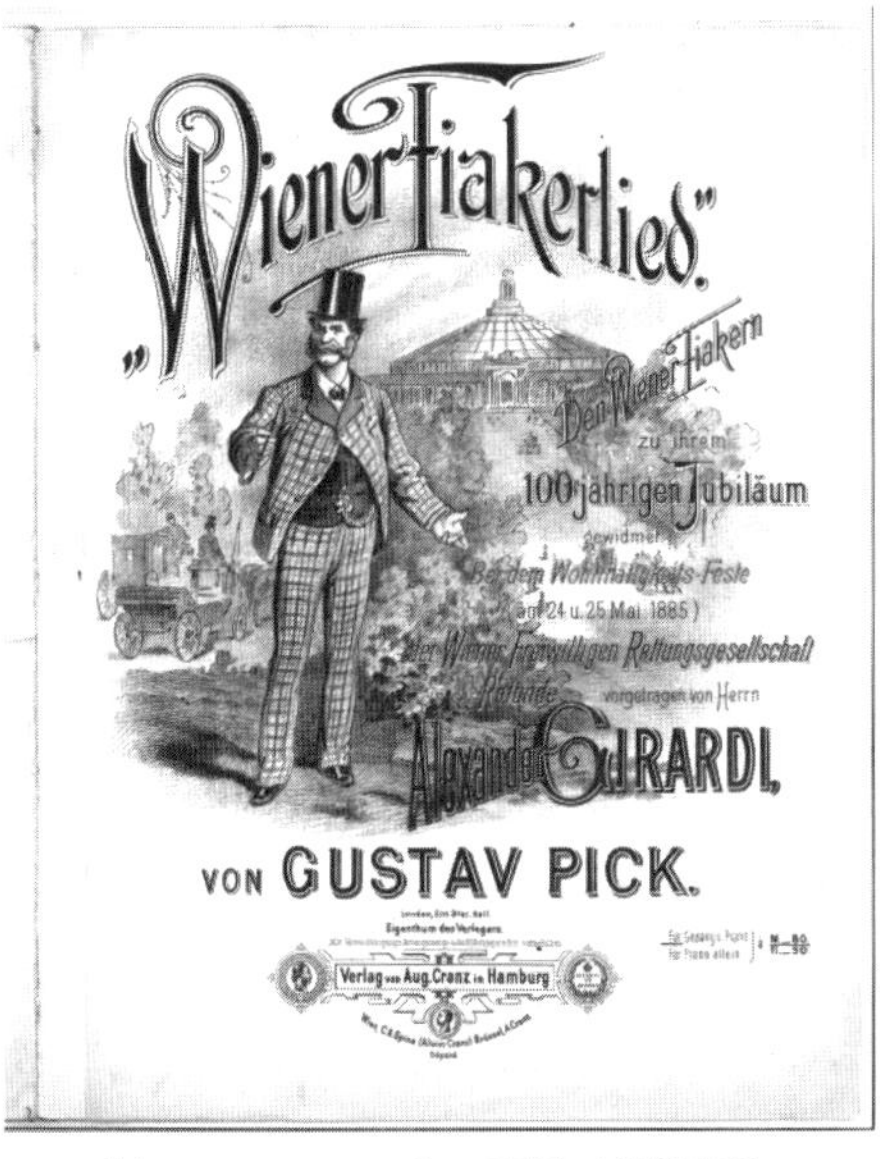

『ウィーンのフィアカーの歌』の楽譜表紙。
背景はプラーターのロトゥンデ

御者ブラートフィッシュ

フィアカーには、もともと登録番号が与えられ、馬車に表示することが義務づけられていた。番号のついていない馬車は、通常のフィアカーと違って、乗り場で客を待っているのではなかった。借り上げのかたちで特定の人のお抱えの馬車だった。そして番号のついたフィアカーに対して、「番号のない」(unnummeriert)馬車といわれていた。

番号のついたフィアカーに乗っていると、それが、自分専用の馬車ではないことがはっきりしてしまうことから、金持ちたちは好んで「番号のない」借り上げ馬車に乗ったのだということだ。

番号のついたフィアカーと、番号のない馬車とがあったわけで、人々の見る目が違っていた。ヨーゼフ・リヒターも、彼の妻が番号のついたフィアカーには乗りたがらなかったのだと書いている。

番号を見えなくした馬車に乗って行くと、「農民たちは、私みたいなものにも帽子を取ったのだ。歩哨もそれには敬意を払っていたのだが、ひとたび、ブリキの番号を見ると、止まれ、こいつめ！　と言うのだった。でも、御者に向かって言ったのか、私に言ったのかは、わからないことが多かった」。

荒っぽそうな御者もいたが、しかしウィーンの路上の仕事人の典型でもあったことから、彼らには一種の自負心もあった。そもそも馬車の御者はこうでなければならないと、『ウィーンのフィアカーの歌』の三番にある。その出だしは次のようだ。

フィアカーたるもの
こうでなくちゃいけません
それを「気くばり」というんです
よく聞き、よく見て
そして黙っていること
気がきいていて
静かにしていなければなりません

むろん、フィアカーにはさまざまな客が乗ってくる。いわくありげな男女という場合も、もちろんあるだろう。シュニッツラーの短編『死人に口なし』でフィアカーに乗ったのも、そんな二人だった。

嵐の夜、フィアカーが乗せた二人、フランツとエマは不倫の関係にある。女の人には、夫も子どももいるのだ。夫の帰りの遅い日だということで、逢引を決め込んだのだ。ところが嵐の中、酔っぱらった御者の馬車は横転してしまう。すでにフランツは息がないように思われた。だが彼女は、御者に助けを呼びにいくようにと言う。動転したエマは、そのまま家に帰り、ほんとうにフランツが死んでいたのかどうか疑心暗鬼になりながらも、何事もなかったかのようにふるまおうとするのだった。

酔っていて、おまけに事故を起こすというのは論外だが、ウィーンのフィアカーの鑑ともいうべき御者は、フランツ・ヨーゼフ皇帝とエリーザベト皇后の息子、ルドルフ皇太子のお抱えとなった、ヨーゼフ・ブラートフィッシュだろう。

公用ではなく私用のとき、ルドルフはブラートフィッシュの「番号のついていない」馬車に乗って出かけていた。配慮の行き届いたブラートフィッシュは、皇太子の信頼を得、そのお忍びには、必ずといってよいほど御者をつとめていた。

ブラートフィッシュは、ウィーナー・リートの歌手としても優れていて、シュランメル楽団とも歌を歌っていた。彼は、ウィーナー・リート好きのルドルフ皇太子のためにホイリゲでよく歌を歌ったり口笛を吹いたりもした。のちに、皇太子はマイヤーリングでマリー・ヴェツェラと心中事件を起こすことになるのだが、この二人を、ウィーンを少しはずれたあたりからマイヤーリングの館まで乗せていったのもブラートフィッシュだったのだ。

　ルドルフは、マリー・ヴェツェラとともにやって来たことを、館の誰にも告げなかった。知っていたのは、信頼のおける従僕ロシェックと御者のブラートフィッシュの二人だけだった。そして悲劇が起こる日の前の晩、ルドルフとマリーの二人だけのために、ブラートフィッシュは何時間もウィーナー・リートを歌ったり口笛を吹いたりした。そのとき彼女は、まだ十七歳だった。

　いまだに毎年のように「マイヤーリングもの」といわれる書物が登場する謎の多い事件だが、悲劇の真相を知っているであろう、ごく限られた人物の一人、御者のブラートフィッシュの口からは、その後、この事件について何ひとつ聞かれることはなかったという。彼はまさに、真のウィーンの、口の堅いフィアカーだったのだ。

『ウィーンのフィアカーの歌』

御者ブラートフィッシュ
(ルドルフ・クルツィヴァネク撮影 1890 年)

フィアカー・ミリ

ウィーンの冬は舞踏会の季節だ。数多い舞踏会のなかでも、とりわけ有名だったもののひとつにフィアカーバル（Fiakerball）がある。もちろん御者たちの舞踏会なのだが、貴族たちや富豪といわれる人たちも、わざわざやって来た。その様子は『ウィーンのフィアカーの歌』の四番に歌われている。

毎年、灰の水曜日には
フィアカーバルをするんです
大いに飲むけれど
騒ぎなんかは起きないさ
たくさんの伯爵に
たくさんの御者たちが
一緒に座る

『ウィーンのフィアカーの歌』

謝肉祭のエリートの舞踏会
若い人たちは踊り
年とった私たちは
ながめている
それは楽しいものさ
御者の「大声のジャン」が
ヨーデルで、ドゥリエーと歌い
シュランメルが演奏し
ブラートフィッシュもそれにあわせて歌う
舞踏会がようやく終わるのは
朝日が出てからだ

フィアカーバルは例年、謝肉祭も終わりを告げるときに開かれる、ウィーンでも最も豪華な舞踏会のひとつだった。男爵、伯爵、侯爵、それに証券界や競馬界のお歴々といった面々も集まり、ブルク劇場や宮廷歌劇場の祝祭公演などのときよりも、重要人物の顔が見られるのだともいわれていた。

リヒャルト・シュトラウス作曲の歌劇『アラベラ』では、そのようなウィーンの伝統を意識して、第二幕はフィアカーバルの会場の控えの間に設定されている。そして台本を書いたホーフマンスタールは、貴族の令嬢アラベラを見そめたマンドリーカに歌わせる。

ホールにいる誰もが
伯爵だろうが
御者だろうが
そんな区別がまったくわからなくなるまで
飲んで楽しんでもらいたいのだ

フィアカーバルは、お抱えの馬車の御者たちのために、貴族や裕福な人たちが、ねぎらいをあらわす機会でもあり、事故にあったり亡くなったりした御者の妻や子供たちを援助するという目的もあった。民謡やワルツが途切れることなく演奏されて、身分の違いを越えたにぎわいが会場全体を包み、むしろ堅苦しい王宮や貴族の舞踏会よりも、くつろいだ楽しい雰囲気のバルとして知られていた。

フィアカーバルでは「バルのレディー」が選ばれるのが、いつもの決まりだった。そこで長い間選ばれ続けたのが、フィアカー・ミリと呼ばれる女性だった。彼女は、エミーリエ・トレチェクというのが本名だが、トレチェクというのは母方の苗字だった。エミーリエは、一八四八年、アンナ・トレチェクの娘としてボヘミヤに生まれている。しかし、母アンナと父ミヒャエル・ベーマーが結婚したのは、エミーリエが二十三歳になってからだったという。

現在の二区レーオポルトシュタットにあった舞踏会場のシュペルルやヴァルハラに、乗馬服の姿で手には鞭を持ち、乗馬用の靴を履き拍車をつけて現れる彼女は、「ウィーンのヴィーナス」とも呼ばれていた。

夜もふけたころ、フィアカー・ミリが裾をひきずるような長いブルーの絹のドレスをまとって登場すると、男たちは彼女のまわりに殺到した。ミリが歌うのは、ウィーナー・リートや流行歌だったが、歌詞はかなり卑俗なものだったといわれている。

そして歌に合わせて、「粋な」ダンスをするのだった。「粋な」と、当時のフィアカーバルについて書かれた本にはあるが、それはつねに括弧つきだ。つまり、かなりきわどい踊りもしたらしい。

フィアカー・ミリは、よく乗馬ズボンをはいて歌ったり踊ったりもしていた。ズボンの長さは半ズボンくらいしかなく、白いももまで見えるようなものだった。いってみれば、当時のプレイガールのような女性で、男に向って「いいえ」と言うことを知らない、ドゥミ・モンドの世界に生きていたわけだ。こうした側面も十九世紀後半のウィーンは持っていた。

『アラベラ』では、没落していく貴族など、架空の人物ばかりが登場するなかで、フィアカー・ミリだけは実在の女性だった。しかしホーフマンスタールが、あえてフィアカー・ミリを登場させたのは、フィアカーバルという設定だからというだけではないだろう。ヨーデルを模したようなコロラトゥーラの声を響かせるフィアカー・ミリは、十九世紀後半のウィーンの、華やかさ、享楽、退廃といった面を、まさに表していたからに違いない。

乗馬服姿のフィアカー・ミリ

フィアカーからタクシーへ

ウィーンのフィアカーは一〇〇台を超えているのだそうだ。十九世紀の全盛期のことを考えれば、すいぶん少なくなってしまったわけだが、でも大部会の中心部に、一〇〇台もの馬車があるということは、やはりウィーンは観光都市なのだと思わせる。

観光客が乗るフィアカーは、シュテファン広場、アルベルティーナ前、王宮前のヘルデンプラッツ、グラーベンのペーター教会前のユングフェルンガッセの四か所と、乗り場が決められている。

そしてシュテファン広場は二十四台、アルベルティーナ前は十台、ヘルデンプラッツは十四台、ユングフェルンガッセは三台と待機台数にも決まりがあったのだそうだが、合計してみればわかるように、実際のフィアカーの数の約半分にあたる五十一台分しかない。

お抱えでないフィアカーには、もともと営業許可の番号が付けられていたので、偶数番号のフィアカーはシュテファン広場に、奇数番号をもつフィアカーはヘルデンプラッツにという了解もあったのだそうだ。

しかし現代では、そもそも待機場所の許容台数が少なく、客をとりやすいシュテファン広場には、ふだんから四十台ものフィアカーが並んでしまうといった問題があるのだと、だいぶ前だが、一九九八年六月の新聞には書かれていた。そのため、現在では偶数日と奇数日で分けているということを耳にしたこともある。そうしたフィアカーに乗ると、ウィーンの中心部を一巡する複数のコースがあり、どのフィアカーでも料金に差はなく、客によって値段が変わることはない。

ところが昔は、フィアカーには決まった料金がなく、客を乗せるときは「さあ、行きましょう。旦那様!」(Fåhr ma, Euer Gnaden!)と言っていた丁寧さとは打って変って、支払いをめぐっては、手のひらを返したように乱暴な言葉を吐いたりもしたのだそうだ。

しばしば客と言い争いにもなったのだが、そんなとき、フィアカーの御者は「あっしらには、判事などは必要ない」というのが決まり文句だったのだ。

だがフィアカーの御者にもさまざまいて、イギリスの作家ウォルター・スコットの小説を仕事の合間をみては読みふけっていて、ウォルター・スコット・ゼップルというあだ名をつけられたインテリ風の人もいた。またルドルフ皇太子のお抱えのブラートフィッシュや、女優テレーゼ・クローネス専属の、プファウエンハンスルというニックネームで知られていた御者は、道端で客を待つ必要などまったくない、いわばフィアカーのなかのエリートだったわけだ。

フィアカーが「流し」をしないというのは十八世紀末ころから始まったようだし、一八五四年に出された「フィアカーならびにアインシュペナーに関する規則」には、「乗り場一覧」が添えられているのでもわかるが、こうした乗り物には、一定の乗り場から乗るのだという習慣は、現代のタクシー乗り場にまで続いている。

タクシーに乗りたい時に、乗り場まで行かなければならないのは、日本人からすれば面倒にも思える。ただ、タクシー乗り場は町中いたるところにあるし、そこまで行くのがいやなら、電話で無線タクシーを呼べばよいわけだ。

ところで交通手段として、馬車からタクシーへの移行が始まるのは、二十世紀に入ってからだが、一九〇九年、ウィーンにはすでに四百九台のタクシーが走っていた。しかし、第一次世界大戦ころまでは、まだ自動車が都市交通の中で占める比重は大きくはなかった。第一次世界大戦にともなう技術革新、また大戦後の馬不足が、路面電車とともに自動車の重要性を増大させたのだった。そのようにフィアカーからタクシーへと移り変わっていく時代を、『ウィーンのフィアカーの歌』の替え歌で歌った人もいる。

おれはクルマを持っている

『ウィーンのフィアカーの歌』

乗り場はグラーベン
いつもそれに乗って
急いで走るんだ
鞭だって！　そんなものいりゃしないさ
打つ必要なんかありゃしない
ブー、ブー、ブーと
クラクションを鳴らして走るだけ
それが、おれのクルマだよ
プラーターからヒーツィングまで
十五分でいくのさ
干し草の餌なんか
いらないし
手こずることもありません
よくスピードを出して走るときなんか
これぞ、大ウィーンを走る
空気入りのタイヤだと感じるんだ

『ウィーンのフィアカーの歌』

クルマは、私の誇り、喜びだ
どんな道だって遠くは思わない
おれは、わが大ウィーンのフィアカーだ
馬は必要ない、ガソリンで走るんだ
動かなくなったって
どうってことはない
そしたら
後ろから押してやりゃいいのさ

世紀末の絵葉書

クラッパーポスト

ウィーンの郵便配達の人たちは、雨の日も雪の日も、郵便の入った大きな袋をショッピングカートのようなものにつけて、郵便を配っている。通常、土日は配達がないので、週明けの月曜は、袋がはちきれそうだ。

ウィーンの市内はアパートが建て込んでいるため、バイクではなく歩いてカートを押したり引っ張ったりしている。そうして彼らはオーストリア全体で年間二十数億通にもなる郵便物を運んでいる。しかしもちろん、配達はしてくれるが、通常は差出人のところまでやって来て、手紙を個別に集めてくれるわけではないのは、もちろんのことだ。

ところが、十八世紀のマリア・テレジアの時代、個別に郵便を集めるシステムがあったのだということで、少し歴史をさかのぼって見てみたい。

一七二二年から、主として遠隔地間を結ぶ郵便は国の手によって行われていたのだが、もっときめ細かなシステムが必要だと思われていた。もともとはフランス出身のヨーゼフ・ハーディという男の提案で、パリで行われているような市内郵便の制度を作ったらどうかとされたのだ。パリではうまくいっているということで、マリア・テレジアは一七七二年、彼と共同設立者二人に郵便配達の営業許可を与えている。これは、「小郵便」(kleine Post) と呼ばれ、ウィーンとその周辺に限定されていた。

一方、国のオーストリア全体についての郵便は、「大郵便」(große Post) といわれて区別されることになる。

マリア・テレジアは免許を与えるにあたって、収支報告を毎年提出するようにという指示を与えると同時に、純利益の四分の一を国庫に収めるようにと、抜け目なく命じていた。

郵便物の集配にかんしてハーディは、次のように定めている。「集配人は毎日正午までに中央局に、集めた郵便ならびに小包を持って来て、それらを届けるために、冬期は午後二時に、夏期は午後三時に、再び各地区へ出かける」。そして普通はすべての郵便物を「同日中に宛先に配達する。冬期および非常なる荒天の場合を除き、遅くとも翌日早朝には遠方の支局に引き渡す」と定めたのだった。

手紙は、今日のギュルテルの内側の配達については、一ロートまで二クロイツァーという料金だった。ロートというのは古い重さの単位で、一ロートは約一六・六グラムだった。集めてくれる郵便の重さは六ロートまでで、それを超えると客が支局まで持参するということになっていた。

しかしこの郵便は、当初期待されたような利益が上がらなかった。初年度は三九〇七グルデンの赤字が出て、三人の共同経営者のうち一人は撤退してしまう。落胆したハーディも事業から手を引くことになる。残ったひとりのショーテンという男が、サービスを向上させることによって、この「小郵便」の存続を図ったのだった。

現在の一区のジンガーシュトラーセに移った本局の営業時間を、早朝七時からとし、夜は八時までに延ばした。また支局と本局との間で毎日二回、郵便物の配送をするようにした。また各所で、一日六回、郵便を集め、さらに「大郵便」とのつながりを、わずかな料金で取り扱うようにもした。

また「小郵便」の郵便集配人たちの着ている服は、それまではまちまちだったが、一七七三年から制服を身につけるようになる。郵便集配人の姿は、ブラント、オーピッツやアダムといった当時の世相を描いた銅版画家たちも、よく取り上げている。

黄色い上着には、たくさんのボタンがついていて、袖口や襟の折り返しの部分は黒だった。さらにベストも黄色と決まっていた。この上着は、後にグレーに変わっていく。肩のところには飾りのモールがつけられることもあった。ズボンは膝のあたりまでと短く、紐で結ばれたりしたが、色は黒っぽい色のものだった。靴も黒で、短靴のこともなくはなかったが、普通は膝ちかくまであるブーツが履かれていた。帽子も黒く、前後が少し尖ったものがよく用いられた。

肩から紐で下げているのは、受け取った手紙を入れるブリキ製の箱型のカバンで、フランス風にレツェプタケル（Rezeptakel）と呼ばれた。古い版画にはこの箱に番号が書かれているのが見える。これは収集したのが誰なのかがわかるように記されていたものだ。

さらに彼らは長方形の木の板を手に持っている。手で下げられるようにと上の部分には握りがあり、板の表と裏には、たんすの把っ手に似た鉄製の金具が打ち付けられている不思議な板だ。たんなる板なので、中に手紙が入れられるわけでもない。おまけに二つの金具は、動くようになっている。それにつけられた名前は、クラッパー（Klapper）という。

いったい何に使うものだったのだろうかと、疑問に思うが、実は、ただカタカタと音を出すためのものなのだ。郵便集配人たちが手を回して、カタカタと音を立て、自分たちがやってきたことを住民に知らせるためだ。

この音を聞きつけた人は、出そうと思う手紙を持って、窓辺や門のところまで出てくるわけだ。手紙は、スタンプが捺されてからレツェプタケルの中に入れられた。

当時のウィーンの路地に響きわたっていたクラッパーの音は、とても印象的だったため、郵便集配の人は、しばしばポストクラッペラー（Postklapperer）と呼ばれたし、「小郵便」という代わりに、クラッパーポスト（Klapperpost）というほうが普通だった。

「小郵便」（ヨハン・クリスティアン・ブラントの銅版画 1775 年）

世紀末の絵葉書

どこの観光地でもそうだが、ウィーンでも町中のいたるところで絵葉書を売っている。観光客は「ウィーンからの御挨拶（Gruß aus Wien）」などと印刷された葉書を、何枚も買い込んでいく。

十九世紀末、風景を描いた絵葉書には、こうした言葉が例外なくといってよいほど印刷されていたのだが、当たり前の言葉すぎて、どうしてかと考えることなどないだろう。しかし、蚤の市などで売られている年代物の絵葉書をよく観察し、葉書の歴史をたどってみて、この言葉がわざわざ印刷されていた意味が、ようやくわかってくる。

そもそも一八六〇年代末ころまでは、葉書や絵葉書というものはなく、封書などだけが郵便として扱われていた。一八六三年の郵便統計によると、オーストリア全体で、年間、約九千万通の手紙が郵送されている。一見多そうだが、一人あたりの数にすると、ウィーンでは三十通、そしてニーダーエスタライヒ州やオーバーエスタライヒ州では、たった三通にすぎない。同じ年に一人あたり、ロンドンでは五十一通、パリでも四十一通を出している。

なぜオーストリア人があまり手紙を書かなかったのかというと、ひとつには、一通あたり最低でも五クロイツァー、ふつうは十五クロイツァーくらいはかかってしまうという、値段の高さにあったのだといわれている。おまけに、便箋や封筒を用意し、文章をしたため、きちんと封印もしなければならない。それが面倒だと思う人は、手紙など、はじめから書かなかったのだ。

ただ、封書の手紙を出すのでなくても、ちょっとした知らせや仕事上の連絡、お祝いなどを書きたいという人は多いのではないかと思いついた男がいた。彼の名はエマヌエル・ヘルマンという。彼は一八六九年一月二十六日付けの新聞『ノイエ・フライエ・プレッセ』に「郵便による新しい種類の通信について」という一文を寄せている。その中の一節は次のようだ。

「現在、多くの連絡通知が、なされないままになっている。その理由は、手紙を書くことによって生ずる十五クロイツァーから二十クロイツァーという支出負担を避けようとするからであり、あるいはまた、手紙につきものの、なくてはならない常套的な決まり文句、結びの言葉等々に嫌悪感を覚えるからなのだ」。

そして、大きさも手紙よりも大きくない「葉書」を、二クロイツァーで郵送できるようにすべきだとの提案が書かれている。彼は後にウィーン工業大学の正教授になるのだが、当時はテレジア軍事アカデミーの国民経済学の教師だった。

エマヌエル・ヘルマンが発案した葉書について、二クロイツァーという料金が安すぎる、という批判はあったが、郵便量の増加が期待できるとして、あまり問題とはならなかった。むしろ封書とちがって通信文が人の目にふれるというのは、当時大問題だったようだ。しかし郵便局は、依頼されたものを郵送するが、その内容に関して何ら責任を負うものではないとし、当初、葉書には「郵便局は伝達内容に責を負わない」と、わざわざ印刷され、一八六九年十月一日に、つまりエマヌエル・ヘルマンの提案からわずか約八か月で「葉書」（Correspondenz-Karte）が実際に登場する。

このようにして初めてあらわれた葉書は、薄茶がかった色をしていた。真っ白だと汚れやすいからだった。表の面には、二クロイツァー分の郵券票や、宛先を示すための An や、住所記入欄の前には in などもすでに印刷されていて、全体を大きく縁飾りが囲み、その中央上部には Correspondenz-Karte と飾り文字で記されていた。なぜ、現在ふつう葉書をあらわす Postkarte という言葉が使用されなかったのかといえば、そのころ郵便局内で Postkarte というと、配達ルートなどを記した地図のことをさしていたからだった。そこで Correspondenz-Karte と新語を造って用いたのだ。

また創案者のヘルマンは、葉書に電報代わりの役割を持たせたいと思っていたのだという ことだ。表の面には宛先の人の名と住所以外を記入することは許されず、裏面の通信文は二十語までという字数制限が与えられていたのだ。ところが、郵便局員は規則を忠実に履行しようとして、語数をいちいち数えながらチェックをしていたので、彼の思惑とは異なり、とても電報のように速くは届かなかった。

電報の代わりにはならなかったものの、新しい「葉書」は、その簡便さから、それまで手紙を書いていた人たちからも、また今まで手紙などほとんど書かなかった人たちからも歓迎され、売り出した一八六九年十月の一カ月間だけで百四十万枚も売れたのだそうだ。

この「官製」葉書の登場から十六年後に、私製葉書の販売が許可された。そして、きれいな絵が描かれた絵葉書も売られるようになり、大人気を呼ぶことになる。今の絵葉書と異なるところは、かならず絵の描かれていない空白のスペースがほんの少し残されていることだ。この空白は、二十語以内のちょっとした言葉を書き込むためだった。

さらに、決まってGruß aus…と印刷されていた。もちろんこれにも意味がある。どこから出したのかという情報を二十語に含めることなく、それ以外の、なるべくたくさんの言葉を記入できるようにという配慮からだったのだ。

19 世紀末の絵葉書
上：皇帝記念劇場（現フォルクスオーパー）
下：プラーターの「ウィーンのヴェニス」

赤いポスト

オーストリアでもドイツでも、郵便ポストは日本と違って、黄色と決まっている。しかし、かつてウィーンには「赤い」ポストがあったと言えば、「ポストの色は黄色だ。赤などが塗られていたはずはない」と、ウィーンでも若い人なら答えるだろう。ところが実際、ウィーンには昔、赤いポストがあったのだ。それは気送郵便、気送管郵便(Rohrpost, pneumatische Post)用のポストだった。

だが、気送郵便という言葉を聞いて、どんな郵便なのか、すぐに分かる若い人は、ほとんどいない。いったい何なのか、と聞かれたお年寄りは、「そう、あのやり方なら、交通渋滞で郵便が遅れるなんてこともなかったのに」と説明を始めるかもしれない。

気送郵便とは、空気圧の差を利用して、管を通してカプセルのような通信筒を送る方法のことだ。日本でも昔、病院内での伝票送付などによく使われていたものだ。それが、かつては郵便の送達のための重要な手段だったのだ。

十九世紀後半、ヨーロッパの主要な都市では、気送郵便の設備が次々とつくられていた。

ロンドンでは一八五三年、ベルリンでは一八六五年、そしてパリでは一八六七年から使われ始めている。オーストリアでも似たような考え方の提案をしていた人々はいたのだが、結局、他の都市に遅れて一八七五年三月一日に、郵便が気送管を使って送られ始めた。

まず、中央郵便局、ベルゼプラッツとケルントナーリングの電報局、そしてレーオポルトシュタット、ラントシュトラーセ、ヴィーデン、ノイバウ、ヨーゼフシュタットの各郵便局などに気送郵便局がつくられた。それぞれの局間は、約一キロから三キロまでに設定されていた。

こうした気送郵便網が、どうして設置されたのかは、当時の通信事情を考えれば納得がいくはずだ。自動車やバイクなどはなく、自転車は高価で珍しいものだったたし、電話にしても一八八一年に百五十四の加入者があるに過ぎなかった。旧市街は道が狭く、馬を走らせるわけにもいかず、急いで連絡を取りたければ、人の足に頼らざるを得なかった。

気送郵便は、とりわけ迅速さが求められる経済活動にとっては、大きな助けとなるものだったし、官庁間相互の連絡のためにも重要な役割を果たしていた。国会議事堂、市庁舎、各省庁には独自の気送郵便設備が置かれ、急を要する指示書などは、むしろ現在より早く届いていたのだという。地下約一メートルの深さに埋められた気送管の総延長は、一八七五年当時、すでに十四キロに及んでいた。管は外径が七十四ミリ、内径が六十五ミリと精密に設計されていた。カプセルも軽さが重要なので、最初は鉄製だったが、後にはアルミが次第に用いられるようになっていく。鉄からアルミに変えたことにより、カプセルは二百八十五グラムから百三十一グラムに軽量化された。手紙の重さは、当初は、最大十グラムと定められていた。一つのカプセルに入れる手紙の数は二十通までだった。

送管は朝七時から夜十時まで、時間を決めて、五分から二十分間隔でおこなわれ、一回あたり十のカプセルが、時速六十キロで管の中を走っていく。この方法は八十年間も変わらなかった。ただカプセルがアルミになり、少し小ぶりになることで一回あたり十五個のカプセルを送るようになった。

当時、通常の郵便ポストの色は黄色だったが、その他に、気送郵便用の別のポストが設置され、赤く塗られていたのだった。黄色いポストは一日に数回集められたが、赤い気送郵便ポストは、局によっては二十分毎に集められていた。二十世紀に入り、気送郵便網は急速に拡大していく。一九〇五年には、五十の気送郵便局が置かれ、一九〇八年には四百七十万の電報、二百万通の気送郵便用葉書、百二十万通の手紙が、気送管を通って送られた。そして第一次世界大戦直前の一九一三年には、気送郵便管の総延長は八十二・五キロにまでなっていた。

ウィーン市内だけでなく、オーストリア各地宛の手紙を気送郵便を利用するかたちで送ることが出来るようになっていたのも、利用拡大に役立っていた。まず主要駅まで気送郵便で送り、そこからすぐに列車に乗せて目的地に運ぶことができた。例えば、朝、気送郵便でウィーン南駅に送った手紙は、その日のうちにグラーツの受取人のもとに届いたのだ。

第一次世界大戦を経て、オーストリア・ハンガリー帝国の崩壊後も、気送郵便用の地下の管はそのまま使われていたが、しだいに主要な伝達手段の座を電話に譲っていく。気送郵便にとって決定的な打撃となったのは、第二次世界大戦の空襲だった。地下わずか一メートルに埋められた管の被害は大きく、戦争直後に使用できたのは、全体の七パーセントに過ぎなかった。

それでも戦後十年あまり使われていたが、一九五六年にその役割を閉じた。四月二日十三時二十五分、最後のカプセルが、二十区ウェーバーガッセの郵便局から送られた。そして三分後に、一区のベルゼプラッツ局で、カプセルの到着を知らせる最後の振鈴音が鳴り響いたのだった。

オーストリアの郵便番号

私がウィーンで二年間住んでいたのは、十七区のヴァイスガッセ三三-二-四というところだった。ヴァイスガッセの三十三番地には、道路に面した建物の奥に、小さな中庭をはさんで、もう一棟建物が建っていた。そうした場合、当然階段が別にあるわけだから、番地の次に、階段（Stiege）番号と、各戸（Tür）の番号を書くことになる。

そうすれば間違いなく手紙は届く。手紙をくれる人の中には、そそっかしい人もいて、私の名前を書き忘れて、Herrn Prof. Weißgasse 33/2/4 A-1170 とだけしか書いていない手紙まであったが、それでも無事に配達され、むしろこちらのほうが驚いたものだった。

A-1170 のAは、オーストリアの国記号で、1170 はオーストリア国内の郵便番号を表している。1000 番台の数字はウィーンをあらわし、ニーダーエスタライヒ州の東と南なら 2000 番台、西と北は 3000 番台、オーバーエスタライヒ州は 4000 番台、ザルツブルク州は 5000 番台、チロル州とフォアアルルベルク州は 6000 番台、ブルゲンラント州は 7000 番台、シュタイヤーマルク州は 8000 番台、ケルンテン州と東チロルは 9000 番台となっている。

ウィーン市内の郵便番号の番号付けのシステムは次のようだ。真ん中の二桁が01から23まであり、各区を表わしている。そして最後の下一桁は各郵便支局に割り当てられている。ただシュヴェヒャート空港局だけは、ニーダーエスタライヒ州にあるが1300という郵便番号が特別に与えられている。手紙が届いたとき、押されたスタンプを見て、送った人はいったいどこで投函したのかな、などと考えてみるのもおもしろい。

現在では郵便には切手などに消印のスタンプが押されるのが当然だと、だれでも思っている。ところがスタンプ自体が押されるのは、切手の登場より古い。切手より百年も前にスタンプ押印は始まったことなのだ。最も古いスタンプは、一七五一年に押されたV:WIENNというものだとされている。日付は記されず、ただ発送地だけの印字がある。

WIENではなくWIENNとなっているのは誤記ではない。当時は、こうした表記もよくおこなわれていた。前に置かれたVはvon（〜から）を省略したものだった。ドイツ語のvonではなくフランス語のdeも用いられることがあった。vonとかdeがついているので、冗談半分で「貴族の」スタンプなどと郵便愛好家の間では呼ばれることがある。

ただ、なぜ十八世紀半ばに、発送地のスタンプが押されていたのかは、当時の郵便料金の支払い方法を知らないとわからない。そのころ、郵便料を差出人と受取人との双方が半分ずつ払うというやり方があったが、マリア・テレジアがそれを一七五一年十一月一日に正式に導入した。差出人から受取人にまで手紙が郵送される間に、手紙は各地の郵便局を経由していく。それぞれのところで料金が段階的に加算されていくわけで、受取人から料金を正確に徴収するためには、発信地の情報がぜひとも必要だったのだ。発信地名は、そこの郵便局長が手書きで書いていたこともあったが、ウィーンのような郵便量の多いところでは、作業効率を上げる必要もあって、切手がまだなかった時代でもスタンプが使われるようになったのだ。

オーストリアで初めての切手は、一八五〇年に出された双頭の鷲と皇帝の王冠が図柄となったもので、切手の登場とともに消印用のスタンプは欠かせないものとなる。スタンプに日付が入れられたのはかなり古く、一七八七年、ケルンテン地方の郵便局長ヨハン・ゲオルク・クーマーの発案だった。古いドイツ文字、いわゆる亀の子文字で記されたvon Friesach 8 Oct.1787というスタンプの印字が残っている。しかし必ず日付をつけなければならないと規則で定められたのは一八六七年になってからだ。

では、郵便番号の登場はいつからだったのだろうか。郵便をスムーズに配達できるよう配達地に番号を付けるという方法は、すでにトゥルン・ウント・タクシスの郵便でも一八五三年に採用されていたというが、オーストリアでは一八九三年、大きな管轄局地域にローマ数字のⅠからⅩを与えたのが始まりだ。例えば、Ⅰはウィーン、Ⅱはリンツ、Ⅲはインスブルック、Ⅴはトリエスト、Ⅶはプラハなどとなっていた。しかしその後の帝国の崩壊などもあり、欠落する部分が出てきてしまう。さらに一九三八年からのドイツへの併合の時代には、むろん郵便もドイツ帝国郵便の一部となる。「アルプス・ドナウ大管区」というのが、かつてのオーストリアの正式名称にされ、郵政上は12番という番号が与えられた。またウィーンやグラーツなどの東部地域は12a、西部地域は12bと分けられた。

第二次世界大戦後の一九四九年、八角形の新しいスタンプが作られたが、そこには発信地名、日付の下に、すでに現行の郵便番号と部分的には同じである四桁の数字が印字されている。四桁目には九つの州があてられた。ウィーンは1000、ニーダーエスタライヒは2000、ブルゲンラントは3000、オーバーエスタライヒは4000、ザルツブルクは5000、チロルは6000、フォアアルルベルクは7000、シュタイヤーマルクは8000、ケルンテンは9000番台とされた。

現行の郵便番号と比べてみると、すでに戦後すぐにその原型が作られていたことがわかる。現在の郵便番号制の正式なスタートは一九六六年一月一日だったが、十一日後には五十四%、十八日後には六十六%、二月には七十%の郵便物に郵便番号の記入があったという、当時の調査の記録が残っている。この新たな郵便番号の宣伝に一役買ったのが、フェリクスという名の郵便マスコット・キャラクターのかわいらしいキツネだ。今ではまったく知られていないかもしれないが、当時、ポストホルンを「トラリ、トラララ」と吹き鳴らすフェリクスは、オーストリアで一番有名なキツネだった。

ポストホルンを吹く、ブレスラウ－ウィーン間の郵便配達人（1650年）

ポストホルン

郵便のマスコット・キャラクターのフェリクスも吹いていたポストホルンは、ヨーロッパでは郵便のシンボルとして、いたるところで用いられている。日本の〒のマークは、日本以外ではまったく通用しない。もともと〒のしるしは、カタカナの「テ」から作ったものだからだ。

なぜ「テ」なのかということを知っているのは、ふつうかなりの年配者に限られるようだ。というのは、逓信の最初の音「テ」からとってマークにデザイン化されたので、昔の逓信省といった名前が思い浮かばなければ、なぜ「テ」なのかまでたどり着かないからだ。

空港などでは、郵便局やポストの場所を示すために、手紙のピクトグラムが描かれることもあるが、ヨーロッパの街中では一般にホルンのマークが、郵便関連のマークとなっている。現在オーストリアの郵便に使われている、ホルンをシンボライズしたマークは、一九七五年から登場した新しいものだが、もちろんポストホルンと郵便との関係は、中世にまでさかのぼる。

古い年代記にも、馬に乗った使者が、交代要員が待つ中継地に近づくと「ホルンを吹き鳴らした」とある。ホルンの音が聞こえると、待っていた交代の使者は、外套を着込み、すぐに馬に乗れるようにと準備にとりかかる。

もともとホルンやラッパは、狩猟、時を告げる塔の番人、夜警などが吹いていたものだったが、書状などを届ける使者も用いるようになっていったのだ。中世末期になると金属製のホルンが作られるようになる。角笛とは違って、響きもずっと良くなり、ヨーロッパ中にポストホルンの音が響きわたることになる。さらにやがて、楽器としてナチュラルホルンより優れた、バルブのついたホルンも出来てくる。しかし郵便配達人たちのホルンは、たいてい真鍮製のバルブのないごく簡単なものだった。

マリア・テレジアの時代、郵便は国の管轄下におかれた。そこでポストホルンを用いてよいのは、国が管理する郵便配達のみに限られるという法律がつくられた。国の許可のない者がポストホルンを吹き鳴らすことは禁じられたし、また吹いてはいけない場所や時も厳密に定められていた。

夜間はポストホルンを不必要に吹き鳴らしてはならないとされ、ミサ、葬儀、祝祭や葬送の行進が行われている時もそうだった。また王宮近くでもポストホルンは吹いてはいけなかったのだ。

しかしポストホルンの響きは、だれもが耳にすることができる「音楽」で、けっして嫌な響きではなかった。むしろそれは「トララ」という響きとともに便りがもたらされるという期待を抱かせる音だったのだろう。
シューベルトの『冬の旅』の、第十三曲「郵便馬車」でも次のように歌われている。

通りからポストホルンが響いてくる
どうしてそんなに浮き立つのか
私の心よ
お前には手紙を運んできはしない
どうしてそんなにも高鳴るのか
私の心よ
郵便馬車は町からやってくるからだ
私の愛した人のいたあの町から
私の心よ
あの町の様子を知りたいのか
そこはどうかと尋ねたいのか

私の心よ

シューベルトのこの曲を聴いていると、ポストホルンの響きや馬の足どりが、今にも聞こえてきそうだ。

ところで、何年か前、私はポストホルンのレプリカを手にいれた。残念なことに、音が出るようには作られていないのだが、二回丸く管を巻き、黒と黄の紐がかけられていて、ハプスブルク帝国の双頭の鷲の紋章がついているものだった。サイズなどはオリジナルと同じで、手に持つにはちょうどよい大きさだ。

郵便馬車のポストホルンというのは、いったいどのようなメロディーで吹かれていたのだろうか、と常々思っていたのだが、なかなか資料が見つからなかった。しかし、一八四四年にオーストリアで出された『郵便馬車業務集』という冊子の中に楽譜が載っていた。そこで決められた吹き方によれば、八つに別れている。

一、就業中のいずれの場合にも
二、別れて進むとき
三、特別郵便

四、急送
五、伝令
六、馬の頭数
七、馬車の輛数
八、非常信号

いずれの吹き方も、バルブのないホルンで吹けるようにと、ソ、ド、ミ、ソの組合せで出来ている。中継地に近づいたとき、郵便馬車が何の役割か、どのような編成か、などをあらかじめ知らせようとするものだが、どれも、とてもメロディー豊かな曲だ。最後の八の、事故など緊急事態を告げる曲でさえ、なんとなくのどかにも聞こえてしまうほどだ。

こうしたメロディーは、現在ではほとんど知る人がいないが、その響きを思い浮かべると、ポストバスなどの走っていない、まさに古き良き時代そのものが、よみがえってくるようだ。

郵便馬車に乗って

オーストリアで、鉄道の通っていない町や村に行こうとすると、必ずといってよいほど利用するのが、いわゆるポストバス（Postbus）だ。自分で車を運転して行けば別だが、そうでなければポストバスに頼る他はない。

こうしたバスは、オーストリアの地方をくまなく、そしてきめ細かく結んでいて、住民たちの大切な足となっている。ポストバスの運行情報が載った分厚い時刻表には、大きな路線図も添えられているので、詳細な地図が手元にないとき、ごく小さな村の場所を調べるのにも重宝する。現在、オーストリア全体で約七百ものバス路線があり、年間一億五千万人の乗客を運んでいる。つまり一日平均でみると約四十数万人が利用している。

こうしたポストバスが初めて走ったのは、一九〇五年、ボスニアとヘルツェゴヴィナにおいてだった。しかしそれは、軍事用の郵便車に、手紙や小包とともに乗客も乗せたのだった。記念切手にも描かれたが、これはポストバスが、切手のモチーフになった世界初のものだった。同じ年、ドイツのバイエルンで定期便としてのポストバスが走り始め、翌年にはスイスでも運行されている。

オーストリアでは、一九〇七年八月、南チロルのプレダッツォとノイマルクトの間にポストバスの路線が開設された。このバスは、屋根つきだが窓はなかった。当時としてはかなり大型で、十七人乗り、二十八馬力で、最高速度は時速二十二キロだった。

南チロルへの路線が成功を収めたため、約四カ月後の十二月十五日、リンツと、リンツの西約二十六キロに位置するエファーディング間に、一日二往復ポストバスが走るようになった。乗車賃は片道一クローネ六十ヘラーで、十キロまでの荷物は料金がかからなかった。この路線は観光というより、もっぱら仕事で利用する人たちのためのものだった。

リンツとエファーディングを結ぶポストバスは十六人乗りで、鉄道と同じように喫煙席と禁煙席があった。排気ガスを管で座席下に引き込んで暖房もしていたのだが、熱は思いのほか強く、管に接した金属が熱くなりすぎ、裾の広がったスカートが燃え出して大騒ぎになったこともある。

そんな問題はあったものの、以前の郵便馬車の旅から比べれば、快適なドライブであったに違いない。郵便馬車にゆられて行く、といえば何となくロマンチックなイメージだが、実際の旅行は大変だった。でこぼこの穴だらけの道をがたがた走る馬車に一日中乗り続けるのは、肉体的にもかなり苦痛だった。おまけに同乗した他の客と狭い空間でずっと顔をつき合わせるわけだから、十分な忍耐力も必要だった。御者はといえば、二マイル（約十五・二キロ）ごとの駅に着くたびに飲み屋に寄るのが常だったし、まだ昼には間があるのに、「ここらで昼にしよう。あとではもう食べられないから」などと言って強引においしくもない上に高い昼食を客にとらせたりした。さらに時には、盗賊に襲われることもあるという危険をも覚悟していなければならなかった。旅なれた女性は、男装して旅行をしていたのだそうだ。

ヨーロッパの郵便は、もともとトゥルン・ウント・タクシス家が中心だったが、すでに十六世紀の初め、乗合の郵便馬車を走らせていた。ハプスブルク帝国として、郵便馬車の定期便に客を乗せて運ぶことの正式な許可は、一七四九年、マリア・テレジアによるものだった。

まず最初に開かれたのが、ウィーンとプラハを結ぶ路線で、所要時間は四十時間だった。当初は一マイルあたり二十クロイツァーという料金設定だったが、その後、止まる郵便局の数によって運賃が定められた。ふつう二マイルごとの駅に着くたびに、新しい馬に取り替えられた。一八三四年に、ある郵便官吏の書いた旅行案内では、馬を替えるための駅が、全国で千九十二あるとされている。

そのころ通常の郵便馬車は、駅ごとに止まり、郵便物の積み下ろしをし、馬を替えるという作業がのんびりとおこなわれていたし、目的地によっては、途中の駅で別の馬車に乗り換えなければならなかったので、必要以上に時間がかかっていた。そのため、より所要時間を短縮しようと、主要な都市を直接結ぶ直通の急行馬車も登場していた。

これは、御者のほかに、車掌的な役割の男が乗っていて、乗客の世話をするというように、ふつうの郵便馬車よりかなりデラックスではあったが、それでも、ミュンヘンからザルツブルクへは、途中で一泊して二日間かかったし、ザルツブルクからウィーンへは四泊五日の旅だったと、一八三四年デンマークからやってきた作家アンデルセンは書いている。そこで急行馬車より速い、夜行で走る特別馬車も登場していた。値段は倍近くしたが、例えばウィーンとグラーツ間は、急行馬車で二十六時間のところを、さらに二時間ほど短縮できた。

作家のハインリヒ・ラウベは、一八三三年、グラーツからウィーンへ向かう夜行馬車がウィーンに近づいた時の様子を次のように記している。それを読むと、ビーダーマイヤー期の旅は、大変ではあるが、しかしまた大きな喜びもあったのだということが伝わってくる。

「夕方はずっと山を上りつづけていた。私たちはセンメリングのふもとに来ていたのだ」。「真夜中に最初に目がさめたときには、平地を走っていた」。「二度目に目をさますと、シュピネリン・アム・クロイツの記念碑のところで、朝だった。目の前には、輝く家並みが広がっていた。御者たちは鞭を鳴らし、また満足そうに言った。『御覧なさいまし、旦那。あれが、ウィーンでさぁ！』」

シュピネリン・アム・クロイツを通る急行馬車（1824 年）

ウィーン最大の舞踏会場

ウィーン最大の舞踏会場

ウィーンの冬といえば、なにはともあれ舞踏会（バル）ということになる。最近ではインターネットにも舞踏会の情報がいろいろと出ている。何月何日にはどこで舞踏会が開かれるかということがわかるのはもちろんだが、会場がアルファベット順に並べられ検索できたりもする。それを見るとウィーン市内だけで約五十もの会場で舞踏会が開かれている。

かつての宮殿を使ったもの、あるいはホテルやレストランを会場にしたものなどさまざまだが、舞踏会専用のホールというのは、ほんのわずかしかない。十九世紀には舞踏会専用ホールがウィーンにはいくつもあり、その規模も現代の私たちの想像をはるかに超えた大きなものだった。

そのような舞踏会場のひとつにレーオポルトシュタットのプラーターシュテルン近くのホール、オデオンがあった。今でもオデオンガッセという通りに、その名をとどめているが、この舞踏会場オデオンは、ウィーンの歴史のなかで、最大のホールだった。

ブリキ製品の工場主パウル・フィッシャーは、開発されていなかったここの土地を一八四四年に手に入れ、もう翌年の一月八日には巨大な舞踏会場を開いた。イタリア人の建築家たちが造った巨大なホールは、金色と明るい赤色で彩られていた。ロージェからホールに下りる立派な階段は建築家のヨハン・ロマーノが設計した。

天井には絵が入念に描かれ、そして大きなシャンデリアがいくつも下がっていた。階段の柱の上には大きな植物が置かれ、開場にあたっての舞踏会のために八千もの花束が用意され、ヨハン・シュトラウス（父）が自らの楽団を率いて自作のワルツ『オデオン舞曲』を演奏した。彼は、ふだんとは違ってオーケストラの奏者たちを七十人に増員していた。

さらに、シュトラウスのオーケストラの他に、あと二つの別の楽団も演奏したが、同時に演奏してもホールが巨大であるため、互いに邪魔にはならなかったという。それもそのはずで、ホールの長さは七十八クラフターもあった。一クラフターは約一・九メートルだから約百五十メートル、そして幅は十八クラフター（約三十四メートル）で、面積は五千平方メートルだ。このホールは、一万人の人たちが入れることを考えて設計されたわけだが、もし一万人入れれば、一人あたり〇・五平方メートルのスペースということになる。

ところが開場初日に訪れたのは五千人に満たなかった。一因として二グルデン三十クロイツァーという入場料が高かったからではないかと言われている。その証拠に一月二十三日の大きな舞踏会のとき、入場料を一グルデンとしたところ、一万五千人もの人々が押し寄せたからだ。

舞踏会場の華麗さは賞賛されたが、レストランが小さすぎるとか、クロークが狭すぎるという批判が出た。そのためフィッシャーは、わずか数週間で増築や改築をしたのだった。今度は誰もが満足し、満員になるだろうと思っていたのだが、この時代の経済情勢の悪化は著しかった。凶作のため小麦の値段は暴騰し、前年の約二倍にまでなった。物価の高騰に責任があると、しばしばパン屋や肉屋などの店が襲撃にあったし、また失業者の増大は、大きな社会不安を引き起こしていた。

フィッシャーは、オデオンを人々で一杯にするようにと、舞踏会以外にもさまざまなことを考えた。ウィーン男声合唱協会の演奏会がこのホールを使って行われたし、一八四七年レーオポルト劇場が建て直されているあいだ、芝居はオデオンに引っ越して上演されていた。

一八四八年、三月革命の騒ぎがあっても、オデオンでは舞踏会やコンサート、演劇の公演などが問題なく行われていた。ところが、秋になるとオデオンも革命騒動の波の中にのまれていく。

一八四八年十月十四日、皇帝軍は暴動の起こっている町を包囲した。多くの負傷者が出ることは目に見えていた。野戦病院を設営する必要があったが、それにはオデオンの大ホールがぴったりだったのだ。たくさんの藁布団や毛布、そして食料品などが、舞踏用のホールに運び込まれた。

十月二十八日、皇帝軍は総攻撃を開始する。レーオポルトシュタットは激戦の地となった。砲撃によって各所に火事が起こっていく。オデオンも例外ではなかった。藁布団や毛布などは火の手を強める恰好のものとなってしまったのだ。皇帝軍は二十八日の夕方までにレーオポルトシュタット全体を制圧したが、その時には、もう舞踏会場のオデオンはすっかり焼け落ちてしまっていた。

そしてその後、オデオンは再建されることはなかった。革命騒動後の状況では、フィッシャーは、かつてオデオンのあった土地を売ることすら難しかった。また、フィッシャーがオデオンの建設・設備などにかけた金額と売上金を計算してみると、彼に信用貸しをするには、純益があまりに少なかったからだ、といった噂も町では聞かれたのだそうだ。

ヨハン・シュトラウス（父）の『オデオン舞曲』の楽譜表紙

『スケート・ポルカ』

コンツェルトハウスのすぐ横には、冬になるとスケート場が登場する。子供たちが歓声を上げながら滑っているのを、コンツェルトハウスの演奏会の合間に、二階のロビーでコーヒーを飲みながら眺めている人たちもたくさんいる。

冬はスケートリンクになっているが、夏の間はテニスコートとして使われていた。私もここで友人とテニスをしたことがあるが、とても料金が安かったのを覚えている。ちょうどコンツェルトハウスとインターコンチネンタル・ホテルとにはさまれた場所で、さしずめ東京なら、赤坂のサントリーホールとANAホテルの間にある場所でテニスをしているのと同じようで、贅沢なものだと思ったのだった。

また、市庁舎前の広場に特設のスケートリンクを作り、催し物をするのが、ここのところ毎年冬は恒例となっている。カーリングもされたり、暖かいスープやお菓子を売ったりする店も出現するが、冬の最も寒い期間の、彼らの楽しみのひとつのようだ。

スケートというのは、ヨーロッパではきわめて古い歴史のあるもので、初めは動物の骨を靴底に付けて滑っていた。金属が付けられるようになったのは十七世紀のオランダだったということだ。バロック時代の詩人アブラハム・ア・サンクタ・クラーラもスケートの様子を記しているが、当時は貴族的な遊びのひとつだった。

しかしスケートをするのは、貴族の男たちだった。女性はロッキングチェアーやリュージュのようなものに座って、男に押してもらうだけだった。長いスカートや窮屈なコルセットでは、たしかにスケートはしにくかったのだ。だが十九世紀のうちに女の人々も、しだいに滑り始めるようになる。二十世紀になってからの写真では、コンツェルトハウスの横で、長いスカートの女性たちも男たちと一緒に滑っている。

ところでスケートリンクができる前、つまり十九世紀前半、ウィーンにまだ多く残っていた池で彼らはスケートをしていた。一番好まれたのは現在のウィーン・ミッテ駅付近だった。その場所で、ウィーンで最初のスケート連盟が一八六七年に発足した。ヨーゼフ・シュトラウスは『スケート・ポルカ』を一八六九年に作曲したが、おそらくはこのウィーン・スケート連盟の記念式で初演されたものではないかといわれている。

演奏時間三分ほどの短い曲で、コンサートではほとんど演奏される機会がないものだが、氷上を滑る人々を思わせる、軽快なテンポのポルカだ。ヨーゼフ・シュトラウスは、出不精だということで有名だった。しかし十九世紀後半盛んになっていった、いろいろなスポーツのファンでもあった。

ウィーン・スケート連盟が出来たちょうど同じ年に、織物工場の持ち主だったエドゥアルト・エンゲルマンという人が、個人でスケートリンクを開設している。数年後、一般の人も入場料を払えば利用できるようになり、「エンゲルマン・アリーナ」として人気を呼んだ。

エンゲルマン家は、ウィーンのスケートの歴史そのもののような一家で、息子のエンゲルマン、その娘のヘレーネ、また娘婿のカール・シェーファーなどが獲得したタイトルは、世界選手権優勝が十七回、オリンピックの金メダルが四つなど、驚くほど多い。息子のエンゲルマンは一九〇七年、リンクを三千平方メートルもある大きなフィギュアスケート場に作り変えた。これは世界初の屋外フィギュアリンクだった。

また、ウィーン・スケート連盟は一九〇〇年、今のコンツェルトハウス横に新しくリンクを作った。それが現在ウィーンの人々が滑っているところだ。記録によるとヨーロッパ最大のスケートリンクだったということだ。しかし、それにしては現在のリンクは狭いのではないかと思うが、じつはホテル・インターコンチネンタルは、広大なスケート場の一部を分割して建てられたものなのだそうだ。また、ウィーン・スケート連盟のリンクは、アイスレビューでも有名で、第二次世界大戦後から一九七〇年まで、氷上の踊りが繰り広げられていた。スターたちの華麗なスケーティングに数千の観衆は魅了されたが、道化役のヘルベルト・

ボーベクが氷の上で背面宙返りをしてみせて話題となったりしたこともある。

　オペレッタの作曲家として有名なローベルト・シュトルツは、一九五二年から毎年アイスレビューのために作品を書いていて、『永遠のエヴァ』、『愛のメロディー』などをはじめとして、その数は十六にものぼる。現代では上演される機会はあまりないが、当時これらの「アイス・オペレッタ」を携えて、ヨーロッパの都市や、アメリカ、カナダ、イスラエルなどにも客演して人気を博した。

　しかし、ウィーンのアイスレビューは、一九七〇年代になって、残念なことにアメリカの「ホリデイ・オン・アイス」に、スターの一部を含めて身売りされてしまったのだった。

『初雪』

ウィーンの市電は冬でも暖かい。強力な温風機を座席の下に備えていたりするからだ。しかし座席の下に、何のためかよくわからない箱が置かれているのを見たことがある。中身は何なのだろうと思っていたが、ちょっと蓋が開いていたので、のぞいてみると、砂のような小さな砂利が一杯に詰まっていた。

路面電車が砂利を積んで走っているのには、もちろん理由がある。雪などで通常のブレーキでは停止できないときに、小砂利をまいて電車を止めようとするのだ。いつもかなりのスピードで走っているウィーン市電だから、坂道にある停留所付近では線路のそばに、小砂利が残っているし、よく見れば線路にも、砂利と車輪との摩擦でできた小さな穴がたくさんある。雪道でも滑らないようにと、小砂利はよく使われている。街角のところどころには、小砂利収納用の大きなボックスが置かれている。ウィーン市は冬のために、約三万四千トンの小砂利を用意しているということだ。

東京あたりだと、雪が十センチ積もっただけで、都市の機能が麻痺してしまうが、もともと冬の厳しいヨーロッパの町では、そんなことは許されるはずがない。でもやはり雪の季節には、凍結した道で転倒して怪我をした人が出たといったことが、テレビのニュースでよく伝えられる。

雪が降ると忙しくなるのがアパートの管理人で、中庭やアパート前の道路の雪かきをし、そして、転ぶ人が出ないようにと小砂利をまく。さらに屋根からの落雪がありそうなら、細長い棒を建物に斜めに立てかけて、「屋根からの落雪あり」という表示を出しておく。

「屋根からの落雪」というのは、ドイツ語ではDachlawineという。Lawineは辞書をひけば、「雪崩」などと訳されている言葉だから、初めて見たときにはびっくりしたが、たしかに凍結した雪が落ちてくるのは、かなり危険だ。ヨーロッパ人が特に冬のあいだ、帽子を必ずといってよいほど手放さないのも、つららや雪が落ちてくるおそれがあるからだ、と説明する人までいた。

アパートの前の歩道は管理人に除雪の義務があるが、公共の道路についてはウィーン市や各区が除雪作業をする。その作業をするのは、多くが臨時に除雪要員として募集された人たちだ。しかしこうした除雪の仕事は楽な仕事ではないし、生活のためにと、あえて働いているというのも事実だ。

ウィーナー・リートの『初雪』にも、雪を掃く仕事をせざるを得なくなった人のことが、その三番に歌われている。

かつて彼は金持ちで贅沢暮らしだった
すばらしい家を相続し
シャンパンをまるで水のように飲んでいた
友人たちもたくさんやってきた
だが秋になったとき突然の破産
ツバメたちが行ってしまったように
訪れる友もいなくなり
残された彼は悲嘆にくれた
いまやこの寒い冬の季節に
道路掃除までしている
贅沢三昧をしていたその場所に
ほうきを持って立っている
彼のかつての屋敷の前で、パンのため
初雪を掃いている

そもそも道路掃除という仕事は、古くは罪人に課せられた仕事だったというが、かつて裕福だった人が、雪掃除までしなければならないというこの歌は、雪の少ない地方の人々が『初雪』という題名から思い浮かべる冬とは違い、ウィーンの冬がいかに厳しいものであるかも分からせてくれるだろう。

ところで、ウィーン市が臨時に雇う除雪作業員の人たちは、一日に約千五百人にもなるのだそうだ。ウィーンのホーエ・ヴァルテの気象台が、雪の予報を告げると八十台を越える小砂利や塩の散布車、そして百七十台余りの除雪車が準備を始める。

市は毎年、十万リットルの塩水、二千トン余りの塩、二百五十トンのカリウムカルボナートを用意し、主要道路、そして市電の走るところの順に作業にとりかかる。まず公共交通の点で重要な道路に塩水を散布するが、雪が降り積もってしまって融雪効果がなくなってしまった場合には、小砂利を撒く。樹木などがあるため塩水が使用できないところではカリウムカルボナートを散布する。しかし歩道には塩分をまくことはしない。ウィーン市内の歩道では、塩の散布は禁止されているからだ。また、除雪車によって集められた雪はどこに運ばれるのかというと、それはやはりウィーン川やドナウ河だ。場所も決まっているのだそうで、ドナウ河では、帝国橋やフロリツドルフ橋の付近、またウラニアのそばのドナウ運河などということになっている。

ラムフォード・スープ

一八四七年の冬は、経済情勢の悪化や前年の作物の不作による食料不足から、ことのほか厳しい冬となった。しかし、ウィーンの人たちのファッシング(謝肉祭)に対する欲求は衰えることがなく、この期間だけでも、なんと四万本のシャンパン、一万本のボルドー・ワイン、一万本のライン・ワイン、そしてもちろんオーストリアやハンガリー産のワインが十五万本空けられていたのだそうだ。

だがその一方で、町には失業者や飢えた人々があふれ凍えていた。寝る場所もない者たちは、橋の下などにいたのだが、この町の冬の寒さからすれば、実際信じられないような状況の中で彼らは過ごしていたのだった。ふと思い浮かぶのは、子どもたちを描いた、J・M・ランフトルの『グラシーで物乞いをする子どもたち』という絵だ。襟巻を首に巻きつけたみすぼらしい男の子と女の子がいる。姉と弟なのだろうか。五、六歳かせいぜい七歳くらいだ。二人とも裸足ではないが、靴とはいえないようなものを履いている。男の子の帽子は、子どものものにしては大きすぎる。おそらく軍人だった父の帽子かもしれない。とすれば、この子たちはやはり孤児なのだろう。

三月前期からウィーン革命という時代の、ひとつの側面をよくあらわした絵として知られているものだ。ただ見る者にとって救いに思えるのは、女の子が正面を、つまりこの絵を見る者をしっかりと見据えていることだ。そこには哀れさというより、生きていくのだという意志が感じられるからだ。

当時、さいわい職を持つことのできた労働者でも、その労働条件は劣悪で、一日に十六時間も働き、日曜も仕事をしなければならなかった。十六歳未満の子どもでも、十二時間働いていた。そして貰えるお金は、労働者で日に、五十クロイツァー、手工業の住込み職人の場合は日給十八クロイツァー、子どもにいたっては八クロイツァーにしかならなかった。またお金を借りようとしても、利息は高く、月に一割が普通だった。

そのころまでは、家賃は年に一回か二回、あるいは四半期ごとに支払うのが普通だったが、家賃も高騰したため、貧しい人々はいっぺんには払えなくなり、しだいに月毎に払ったり、さらには一日毎に払うようにもなっていった。

このような不安定な時期、ウィーンの中心部は警察や軍隊によって、かろうじて秩序が保たれていたが、労働者たちの多いフュンフハウスやノイレルヘンフェルト、ガウデンツドルフといった周辺部では、高すぎて買うことのできない品物をあつかうパン屋や肉屋などの食料品店が次々と襲われ、無政府状態のような状況が何日にもわたって続いていた。

事態が決定的な破局を迎える前に、なんとかしなければならないと考えられ、義援金を集め、ホームレスの人たちのための宿泊所や、飢えた人たちのために食事を与える施設もつくられるようになっていく。

しかしそのような施設が、いったいどのくらいあったのか、どれほどの数の人たちが、一日に一回でもきわめて質素な食事にありつけたのか、また、どれほどの人たちが、屋根の下で夜を過ごすことができたのか、正確な数字はまったくといってよいほど分からない。

ただし、そうしたところで配られたスープの名前だけは、はっきりと分かっている。それは「ラムフォード・スープ」(Rumfordsuppe) というものだ。

ラムフォードとは、アメリカのマサチューセッツ出身の科学者ベンジャミン・ラムフォードのことだ。アメリカの独立戦争のときイギリスに渡り、その後ドイツのバイエルンで軍隊の整備も行った。学者としては、熱量計や光度器の発明者としても知られるし、またバイエルンにジャガイモを持ち込み、さらにミュンヘンの有名なイギリス庭園をつくらせた人でもある。

彼は社会的な困窮の問題にも取り組み、貧困者のための施設、失業対策事業、食事配給など数多くのアイディアを生み出した。貧しい人たちのためにラムフォードが考案したスープは、栄養があり、しかも安価だった。

　こってりした骨のブイヨンで根菜などを煮込んだものだが、ありあわせのもの、例えば、挽き割り麦、エンドウなどの豆類、ジャガイモ、タマネギ、さらにできれば豚肉などが入れられた。当時、ウィーンだけでなくヨーロッパ中で知られたスープだったのだという。

　ラムフォード・スープは、貧しい人たちに無料で配られたり、あるいは一クロイツァーか二クロイツァーほどの、ほんのわずかな料金で提供されていた。

　また、一八四七年後半には、失業者を少しでも減らそうとする対策として運河改修工事が行われたが、そのときにもラムフォード・スープが、毎日八百人分、労働者たちに出されたといわれている。

ウィーンのスキー発祥の地

冬、雪におおわれたころ、ウィーンの森のあたりに出かけてみると、夏には草地だった斜面をつかって、子供たちが、そり滑りをしていたりする。すこし郊外へバスを乗り継いでいけば、簡単なリフトが設置されているところもある。もちろん本格的なゲレンデというほどではない。でも子供たちと気軽にそり遊びなどをするにはよいだろう。

よく知られたところを、いくつかあげてみれば、十九区のはずれ、ヘルマンスコーゲルのイェーガーヴィーゼのあたり、またヒュッテルドルフの南約一キロのアム・ヒンメルホーフなどがある。暗くなっても滑りたければ、ヒュッテルドルフから北西に入ったハインバッハのホーエ・ヴァント・ヴィーゼには四百メートルほどのリフトがあり、夜九時までナイター照明がされている。

リュージュができるところも何か所かあるし、ラングラウフのためのコースも市内だけで数か所設定されている。

今でこそスキー好きのオーストリア人だが、いつからどんなところでスキーをしていたのだろうか。かなり古くからあちこちの山に登ったり森に分け入ったりして滑っていたと思いそうになる。だが、かつてウィーンでスキーがさかんに行われたのは、ウィーンの森のそんなに奥深いところではなかった。

ワイン畑が広がりホイリゲも多いノイシュティフト・アム・ヴァルデより町の中心部に近いペッツラインスドルフが、ウィーンのスキー発祥の地だった。現在の市電四十一系統の終点から少し登ったあたりは、古くは「スキー草地」とも呼ばれたのだが、驚くことに、オーストリアでは十九世紀後半まで、スキーというもの自体、ほとんど知られていなかった。スキーはもともとノルウェーで起こったもので、四千年の歴史があるといわれる。八世紀にはノルウェーやフィンランドでは、すでにかなり広まっていたが、一八〇〇年ころになってようやくスキーは中欧に入ってきた。

一八六〇年には、スイスのエンガディン地方でイギリスからやってきたスキーヤーが、スキーを楽しんでいたが、オーストリアでは一八八九年、グラーツ出身のマックス・クライノシェッグが、スカンジナビアのスキーを紹介したのが初めだとされる。またスキーに関して文字として残っている記録としては、ウィーンの『アルゲマイネ・シュポルトツァイトゥング』新聞が、一八九一年二月二十二日、ノルウェーのスキーを紹介した記事が初めてのものだったというから、現代のスキー王国ともいえるオーストリアを考えると、ちょっと想像がつかない。

そのころになると、ウィーンでもスキークラブがつくられ始める。ペッツラインスドルフの料理屋の主人ルートヴィヒ・シュトラーサーもスキークラブを結成し、それはのちに「オーストリア・スキークラブ」と名づけられた。

一八九二年から九三年にかけての冬、ウィーンに住むノルウェー人のヴェードル＝ヤウアースベルクとJ・サムソンの二人が、スキーのデモンストレーションを、エレガントなコートを着込んだウィーンの身分の高い人々の前で行った。また雪の積もったペッツラインスドルフの草地で最初のスキー競技会も開かれ、サムソンが圧倒的な強さで優勝した。ところが、このスキー競技は、上から下へ滑り降りる早さを競うのではなく、山の上に向かって登る速さを争うものだったのだ。

一八九二年には、ウィーンの南のシュタイヤーマルク州のミュルツツーシュラークで、初めての国際スキー大会も開かれた。スキー走者は一人ではなく複数のスキーヤーが並んでスタートするというやり方だった。この時もJ・サムソンが勝ったが、女性の部で優勝したのは、ウィーン出身のミッツィー・アングラーだった。

次に大きな競技会が開かれたのは、一八九六年一月五日と六日の国際スキースポーツ大会で、やはりウィーンのペッツラインスドルフで行われた。ペッツラインスドルファー・シュトラーセには見物にやってくる人たちのために、五千グルデンをかけて臨時の観客席が設けられた。しかし当時市電は、ギュルテルから一キロほど西の、アウマンプラッツまでしか来ていなかった。そのためスキー会場のペッツラインスドルフまで、数千人の人たちが、三キロもの雪深い道を歩いたのだった。

初日の五日にはジャンプ競技が行われた。ジャンプといっても現代のようなジャンプ台ではなく、自然の斜面を使ったもので、二十二メートルを飛んだノルウェー人のアイリンド・ロルが優勝した。三千メートルの距離競技では、ロルの兄弟のカール・ロルが一着だった。

二日目にはウィーンの森の州境、ハーメナウを越えて、ヴァイドリングに下り、さらにドライマルクシュタインに登って戻ってくるという、十数キロ以上ある長距離走があったが、それもカール・ロルが再び一着となった。両日を通し、オーストリア人の中で最も好成績をあげたのは、料理店主のルートヴィヒ・シュトラーサーだった。

いずれにしても、当時はスキーといえば、現代でいうノルディックのラングラウフやジャンプのことであり、滑降を競うアルペンは、まだ登場していなかった。

『おお、　わがオーストリアよ』

『おお、わがオーストリアよ』

日本もワールドカップ出場などによって、野球でなくサッカーが世界で最も人気のあるスポーツなのだと、テレビや新聞でも伝えられるようになってきたが、もちろんオーストリアでも、彼らの一番好きなスポーツは、何と言ってもサッカーだ。

ボールといえば、つかむものではなく、蹴飛ばすものだと思っている。そもそも野球というものなど知らないオーストリア人は多いし、バットの素振りでもしていれば、梶棒を振り回している危険人物と見なされかねない。

彼らがいかにサッカー好きかを知りたければ、試しに「今日の試合の結果を知らないのですが、知っていますか」と、カフェーかレストランのウェイターに、尋ねてみるといい。きっと即座に答えてくれるに違いない。

第二次世界大戦末期の記録を見ていて、一九四五年一月一日にもサッカー試合が行われていたのを見つけたことがある。敗色濃厚な冬、約千人の観衆を集めてサッカーの試合をしていたのだ。そうしたことを目にすると、やはりサッカーは、彼らにとって特別なものなのだと思えてくる。

しかし、さすがにウィーンが空襲にさらされた四五年の春にはサッカーの試合は行われなくなっているが、敗戦後の一九四五年五月、まだシュテファン教会の屋根が爆撃で焼け落ちてから一か月もたっていないのにサッカーの試合が行われている。しかも、それはロシアの赤軍チームとの試合だった。またさらに、六月から七月にかけては「解放杯マッチ」がウィーンのサッカーチームの間で開かれた。

オーストリア国内で戦後初めての国際試合が開かれたのは、その年も押しつまった十二月六日のことだ。対戦相手はフランスだった。当時は、ナチスドイツとともに戦ったオーストリアに対しても、国際スポーツ交流がボイコットされていたころだったが、にもかかわらず、フランスサッカー連盟の会長であり、またＦＩＦＡの会長でもあったジュール・リメがフランスチームをウィーンに連れてきたのだ。そのためオーストリアとのスポーツ交流ボイコットが、早い時期に解除されるきっかけになったといわれている。

その日は小雨の降りしきる、あいにくの寒い日曜日だったが、瓦礫だらけの町からサッカーの国際マッチを見ようと、プラーターのスタジアムを目ざした観客の数は、五万人にものぼった。食料も不足し、冬の防寒衣料にも事欠くころだったし、市電も満足に走っていなかった。さらにプラーターに向かうドナウ運河に架かるシュタディオン橋さえも、爆破されてしまったままで渡れなかった。

そこで十数人ほどがやっと乗れる渡し舟が使われた。その舟を待つ数千人の人々は、まさに長蛇の列をなして辛抱強く待っていた。だが、長時間待って運河を渡っても、スタジアムまでは、まだ一キロ以上ある。乗合で馬車に乗ったり、干し草を運ぶような車に乗って会場に向かって行ったのだった。

プラーターのスタジアムの貴賓席には、首相のレーオポルト・フィグル、ウィーン市長のテオドーア・ケルナーもいた。しかし当時の写真を見ると、彼らはむしろ小さく見える。二人のそばに堂々と居並んでいるのは、連合国の将軍たちだ。そして、フランスとオーストリアのイレブンが登場する。

オーストリアチームのシャツの色は白だった。白いシャツを見た観客はどよめいた。白は一八九八年のイギリスとの対戦以来、オーストリアのナショナルチームのカラーとなっている伝統的な色だからだ。

両国の選手たちが並び、まず響きわたったのは、フランス国歌『ラ・マルセイエーズ』だった。次はオーストリアの番だが、いったいどんな曲が流れるのかと、観衆は固唾を呑んだ。「世界に冠たるドイツ」という歌詞で歌われるようになってしまった、かつてのオーストリア国歌が流れるはずはない。連合国に占領されていたわけだから、オーストリアという国自体が自律的には存在していない時で、むろん新しい国歌などなかったのだ。

そのとき聞こえてきたのは、『おお、わがオーストリアよ』というスッペ作曲のメロディーだった。

シュネーベルクの山が誇らしげに
愛する天に語りかけるように
雲の上に聳えるところ
透きとおった水が泉から流れ出すところ
狩りをする子たちが、岩壁の上に立ち
足の速いカモシカに狙いを定めるところ
そうそれが、わがオーストリア、それがわが祖国
それが、わがオーストリア、わが祖国

と思い入れを込めて繰り返し歌われる、オーストリア人なら誰でも知っている曲だった。メロディーが流れると、五万の観衆は思わず席から立ち上がったのだった。

試合は、前半開始早々の八分に、ボンジョルニが二十五メートルのロングシュートを決め、

フランスが先制した。しかしその六分後、オーストリアはデッカーのシュートで同点とし、さらにその直後、ビンダーのパスを受けたデッカーは勝ち越しのシュートを打った。前半は二対一で折り返し、後半にさらに二本のゴールを追加して、四対一でオーストリアは勝っている。

敗戦によって打ちひしがれた彼らにとって、サッカーの国際試合での勝利は、どんなにかオーストリアの新たな再生への希望を持たせたことだろうか。

『今日、ウリディルがプレーする』

オーストリアも、ドイツと同じようにオーストリアリーグがつくられていて、毎年、約百万人の観客が観戦に訪れる。少年サッカーチームも七百以上あり、一万人もの子供たちが所属している。サッカーがオーストリアの国民的なスポーツであることは、サッカー人口やクラブ数からもわかる。

ところで古い資料を見ているうちに、サッカー選手を歌った歌もあるのだということを発見した。『今日、ウリディルがプレーする』というタイトルで、ローベルト・カッチャーとヘルマン・レオポルディ作曲、作詩はオスカー・シュタイナーとオスカー・ヴィラクだ。

ヒュッテルドルフの向こうでは
今日、びっくりするようなことがある
ああ、大勢の人たちが押し寄せる
大事故でも起こったのだろうか

あふれている人たちが
何をしようとしているのか私にはわからない
救急車のサイレンも聞こえる
騎馬警官も出ている
そこで、私は一人の男に尋ねてみた
いったい何が起こったんですか
すると彼は言う
そんなこと、どうして聞くんだい
今日は、ウリディルがプレーするんだ
ウリディルだ、あのウリディルだ
そうだ、あんなゴールをするのは
他にはいないよ

フォックストロットのテンポの序奏のあと、モデラートで歌い始め、「今日は、ウリディルがプレーするんだ」というところからは、堂々とした調子になる。歌になったサッカー選手というのもめずらしいだろうが、いったいこのウリディルとはどんなプレーヤーだったのだろうか。

彼は、一八九五年十二月二十四日、仕立屋の息子として現在の十六区オッタクリングに生まれた。このあたりは昔から労働者たちが多く住んでいる地区で、成長したヨーゼフ・ウリディルは石工職人として働き、仕事が終わったあとの夕方五時半ころから、サッカーをしていたのだった。

そして第一次世界大戦の直前に、スポーツクラブ・ラピートに入った。もともとラピートは、一八九八年「第一ウィーン労働者サッカークラブ」として誕生したチームだった。ギュルテルの外の、旧市内からは離れた労働者の町に生まれたサッカークラブで、彼らはむしろそのことを誇りにしていた。

ウリディルは「タンク」というニックネームでも呼ばれ、通算すると千ゴールも奪い大人気を得るのだが、とくに彼を歌った歌が一九二二年に登場して以来、サッカーに興味のなかった人までもこの歌をカフェーなどで一緒に歌ったのだ。ウリディルはウィーンで誰一人として知らぬ者はない、まさにサッカーのスターとなっていった。

一九二三年には、ウリディルを主人公にした『義務と名誉』というサイレント映画も撮られている。第一次大戦後没落したが、しかし生真面目な元貴族を、庶民出身のサッカー選手である彼が助ける、という筋書きで、ウリディル自身だけでなく、ラピートのチームメイトもサッカー試合のシーンに登場している。

映画『義務と名誉』の監督アルフレート・ドイチュは、映画公開の前年に、ほとんど映画と似たストーリーの同名の小説を出版している。その中の試合の描写は、当時の様子を伝えている。「そこには人々の壁があった。それはまるで古代の円形競技場におけるようだ。どの人も贔屓がいて、味方の幸運と、敵の不運を願っている。彼らは、すべて熱狂していた」「ここにはあらゆる階級の人たちがいる。銀行員、芸術家、役人、そして労働者だ」。

この監督はウリディルをスターにする戦略に長けていた。ウリディルは、マスメディアというものが出来上がっていく段階で、つくり上げられていったスポーツのスターだったともいえる。彼の名前は、スポーツウェアだけでなく、せっけん、肌着、そしてワイン、リキュール、さらにはボンボンの包み紙にまで登場したのだった。

ヘンドリック・ド・マンは一九二六年、『社会主義の心理』のなかで、スポーツに熱狂する大衆について「たんなる観客であり、新聞読者、賭事をする人であり、その日の英雄たちについての子供じみた心酔者であり、また彼らのまねをする人々だ」と書いたが、二十世紀も第一次世界大戦後の時代は、まさしく大衆の時代になっていたわけだし、その大衆がメディアによって動かされる時代にもなっていた。

ドリーム・チーム

ウィーンでスタジアムといえば、誰もがまず、プラーターのスタジアムを思いうかべる。サッカーの試合でも数々の歴史を刻んできたところだが、現在あるのは一九八四年から二年間かけて造り直されたものだ。

プラーターのこのスタジアムが最初に建設されたのは、一九二〇年代末からだった。一九二八年十一月十二日、オーストリア共和国成立十周年を記念して定礎式が行われ、約二年半後の三一年七月に開場している。スタジアムができたころはオーストリアサッカーの黄金期だった。

スタジアム完成の直前の五月十六日、オーストリアチームはスコットランドと、ホーエ・ヴァルテにあったサッカー場で対戦した。約四万人の観客たちは、スコットランドに対してどの程度の試合ができるのかと懐疑的だった。しかし結果は、五対一でオーストリアが勝利した。試合終了の笛が鳴ったあとも、観衆の歓呼の叫びは、やむことがなく、キャプテンのペピ・ブルームはファンたちの肩にかつぎあげられた。「信じられぬ結果。オーストリアがスコットランドに五対一で勝利」という電報が世界に向けて発信された。

　このオーストリア・ナショナルチームのメンバーを選んだのはオーストリアサッカー連盟会長フーゴー・マイスルだった。ウィーンのシュトゥーベンリングにあったリングカフェーを溜まり場にしていたスポーツジャーナリストたちは、スコットランドとの試合を前に、センターフォワードのマティアス・シンデラーをはずすという考えのマイスルに反対し、彼をグシュヴァイドルと組ませるようにと主張していた。

　カフェーの新聞記者たちの前にあらわれたマイスルは、不機嫌な様子で「さあ、これが君たちブンヤが書きなぐったようにして出来上がったチーム（Schmieranski-Team）だ」と、結局シンデラーとグシュヴァイドルを加えたイレブンのリストの紙をテーブルの上に投げたというのは有名な話だ。

　フーゴー・マイスルは、モラヴィア地方の家系出身のユダヤ系のジャーナリストだったが、サッカー審判員の資格も持ち、サッカー連盟の会長をつとめるという多彩な才能の持ち主だった。帽子とステッキがトレードマークで、恰幅のいい体をし、六か国語を自由に話すサッカー界の外交官ともいわれていた。

　しかしマイスル自身、彼がナショナルチームのメンバーを、カフェーに座った記者たちに示したとき、このチームが、オーストリアのサッカー史上、記録的な連続勝利をあげていくことになり、のちに「驚異のチーム」（Wunderteam）と呼ばれるようになることは予想していなかっただろう。いわば、オーストリアのドリーム・チームだったのだ。スコットランドとの試合に続いて、ドイツ、スイス、さらに再びドイツに勝ち、ハンガリーとの引き分けをはさんで、またスイス、イタリアと、オーストリアの勝利は続いていく。

プラーター・スタジアムで行われたイタリアとの試合には、イタリアからやってきた数千人の人も含め九万人ものファンが押し寄せたといわれている。もちろん六万人収容の競技場だから、ただの一席も売れ残ってはいなかった。

入場券にはプレミアがつき、五十倍にもなったものがあったほどだ。切符が手に入らなかった人たちのなかには、警官隊の制止を振り切り、門を破って中に入ろうとしたりするものまでいて、多数の負傷者も出た。

場外も騒然としたなか、試合は始まった。イタリアチームには、メアッツァ、フェラリスといった、超一流のトップスターがそろっていた。前半は両チームとも得点がなかったが、後半の十分、フォーグルが蹴ったコーナーキックをグシュヴァイドルがヘッドでつなぎ、シンデラーがゴールした。さらにその後、中盤でボールを取ったシンデラーが、イタリアのバックをかわして再びゴールを決めた。イタリアはメアッツァが一点を返すにとどまった。

イタリアとの試合のあとも、ハンガリーに八対二で勝っている。チェコとは一対一で引き分け、イングランドには三対四で負けたが、スウェーデン、ハンガリー、スイス、ベルギー、フランスには、いずれも勝利をおさめている。このチームの強さの秘訣を、ディフェンスとして活躍し「ふとっちょ」のニックネームでファンから愛されたセスタは、次のように語っている。

「『驚異のチーム』の秘密ですか？　もちろんそれは、この上ない仲間意識でしょう。ひとりは、ほかのひとりのためにいたんです」「もし誰かが失敗したとしても、罵ったりなんかしませんでした。それぞれの人が他の人を励ましました。どうってことないさ、さあ、いこう、さあ、いこう、と叫んだんです。試合のあと、みんなで集まりましたが、誰も特別扱いすることはありませんでした」。

このチームは、たしかに第一次と第二次の両大戦間の、オーストリア第一共和制の時期に、労働者的な「ラピート」、「アドミラ」、「ヴァッカー」、そして、いわば貴族的な「ウィーン・アスレチックスポーツクラブ」、富裕な市民層の「ヴィエナ」、さらに、市民的でリベラルな「オーストリア」などといったチームがひとつになり、相互の違いを超越したところに成立していた驚異のチームであったのだ。

シンデラー事件

「驚異のチーム」といわれたチームの、もっとも重要なプレーヤーとして活躍したのが、伝説ともなっているマティアス・シンデラーだった。一九〇三年、モラヴィア地方のコツラウという片田舎に生まれた彼は、生後しばらくして、ボヘミヤやモラヴィアからの移民が多かったことで知られる現在のウィーンの十区、ファヴォリーテンに家族とともに移り住んだ。

しかし父は、一九一七年、第一次世界大戦で戦死し、母が洗濯女として四人の子どもたちを育てていた。十四歳のマティアスは、すでに自動車工場の見習いとして、家計を助けていた。モッツルとみんなから呼ばれていたシンデラーは、路地や荒れた空き地で、ぼろ布などで作った手作りのボール（Fetzenlaberl）を、他の子どもたちと一緒に蹴っていた。

モッツルのボールさばきは、そのころから抜きんでていて、一九一八年にファヴォリーテンのサッカークラブ「ヘルタ」に入り、二四年からはサッカーチームの「オーストリア」に入団した。彼はオーストリア・ナショナルチームのメンバーとして、一九二六年のチェコ戦をかわきりに四十二の国際試合に出場し、二十七ゴールをあげている。

エッセイストのハンス・ヴァイゲルは戦後、「すでに彼は伝説の人だ。彼を知っている人なら誰でも、当然だと言うに違いない」と書いているし、作家のアルフレート・ポルガーは、「彼は、チェスの名人が試合をするようにプレーする」と述べている。またフリードリヒ・トーアベルクは、「本当の、そして最高の意味における天才だ」と書き、彼に詩まで捧げている。その一部分は次のようだ。

彼はファヴォリーテンの子どもだった
名前はマティアス・シンデラー
緑のコートの中央に立つ
彼はセンターフォワードだからだ
彼は、他の誰もできないようなプレーをする
ウィットとファンタジーに満ちあふれ
さりげなく、軽やかに、屈託なくプレーする
けっして戦うのではなく、プレーするのだ

彼は、サッカーを「ボールの美学」にまで高めたといわれ、サッカーにおける「ウィーン

派」を作ったのだとされている。すらりと背の高い、きゃしゃな体つきにもかかわらず、敵のショルダーアタックなどを、冷静にひらりとかわす動きから「パピーレネ」(der Papierene)というニックネームを与えられた。

また、日常生活においては、シンデラーは父の死後、母親とともに暮らしていた。内気な面の強い彼には女性問題もほとんどなく、休日には住まいの近くにある家庭菜園の手入れをして過ごしていた。また、ファヴォリーテンのラクセンブルガーシュトラーセの角地にあったカフェーを、一九二八年夏に手に入れ、「カフェー・マティアス・シンデラー」として開店した。選手として活躍できなくなる将来の生活設計のことも考えていたのだった。

ところが、一九三九年一月二十三日の昼、シンデラーがアンナガッセのアパートの一室で死んでいるのが発見された。死後十二時間ほど経過していたが、彼のそばには、意識を失った女性が倒れていた。名前をカミラ・カスタニョーラといい、グラーシュ料理の店を営む四十歳のユダヤ系のイタリア人だった。シンデラーは二週間前から彼女と、そのアパートに住んでいたのだということだった。

警察の公式発表はガス中毒死だった。しかし、一月二十五日付のある新聞は「すべての状況は、この優れた理想的なスポーツマンを愛人が殺害したことを示している。その動機を究明するには、どう見ても彼の死について罪があると思われる彼女の心の中をのぞいて見ることだ。だが、カミラ・カスタニョーラの目はもう開かれることはない」と書いているように、カミラも意識を取り戻すことなく死んでしまったのだった。

彼女が殺害したという、明白な証拠はなかった。結婚のチャンスを逃すまいとしたが拒絶されたためなのだ、とも言われたし、カミラは売春婦のヒモに雇われていたのだという話まで出てきて、謎は謎を呼ぶことになる。

しかし、この時代はオーストリアがナチスドイツに併合された直後であったことを忘れてはならないだろう。前年の三八年十一月九日から十日にかけての夜は「水晶の夜」(Kristall-nacht)といわれた日で、多くのユダヤ人が捕らえられ、またユダヤ人の商店は焼き打ちされ壊された。さらに、ほとんどすべてのユダヤ教会も焼き払われたのだった。

シンデラーが手に入れたカフェーも、もともとはユダヤ人が営んでいたところだった。彼は、以前の持ち主のユダヤ人に、相当の額の金を与えたといわれるが、しかしシンデラーの死後、彼の姉妹たちが店を引き続き営業しようとしたとき、ナチ当局は、シンデラーが「ユダヤ人たちに対して、きわめて好意的であった」として許可を与えようとはしなかったし、シンデラーの一周忌にあたって、彼の墓前に人々が集まることも、「時期にかなっていない」ということを理由に認めなかった。

いずれにしても、オーストリアで最も有名なサッカープレーヤーであったシンデラーの突然の死が、事故なのか、殺人なのか、あるいは心中なのか、その後、何ひとつ明確なことは判明しなかったのだった。

改装前のカフェの入口に立つマティアス・シンデラー

総統の肖像の下に

サッカーは国際的なスポーツだけに、その時々の国際情勢が色濃く影を落とすことがよくある。一九六九年の第九回メキシコ大会では、ホンジュラスとエルサルバドルの予選準決勝の直後、両国間で戦争が勃発するなどということも起こっているが、国際試合は、まさに国の威信をかけた戦いでもあるし、ふだんはあまり聞かれない、祖国の誇りだとか、忠誠心だとかといった言葉が、なんのためらいもなく使われたりする。

一九三八年にフランスを経てアメリカに亡命したオーストリアの作家、フランツ・ヴェルフェルも、サッカーについて、次のような文章を残している。

「大きな国際試合ではいつも、圧倒的な力となって押し寄せてくるナショナリズムの本質を体験する。大衆の一部となり、勝利の熱狂から逃れることはかなわないだろう」「ナショナリズムは考え出された理論などではなく、集団的な自尊心、大衆自身の威信を満足させる、渾然とした凄まじい熱狂であるのだ」。

日本も一九九八年にフランス大会に初出場して以来、そうした熱狂をより身近に感じることとなっているが、たしかにヨーロッパでは、サッカーへの情熱は尋常ではない。オーストリアは決勝まで残ったことはないものの、すでに通算七回出場している。一九三四年の第二回大会で四位、五四年の第五回大会では三位になっている、いわば老舗の出場国なのだ。

オーストリアがとくに強かったといわれる一九三〇年代、三四年の大会には出場しているが、三八年の第三回大会では、オーストリアは予選から出ていて、前年の十月、ラトヴィアを二対一で破り、本大会への出場を決めていた。

ところが、優勝候補の一角とみられていたオーストリアは、三八年六月の第三回フランス大会の本大会には名前が消えている。本大会が始まる約半年の間に、オーストリアという国の運命が大きく変わったからだ。オーストリアはヒトラーのドイツへ併合され、オーストリアという国自体が存在しなくなっていたのだった。

五月二十二日に発表された二十二人のドイツチームには、かつてのオーストリアチームから九人もの選手が登録されていた。そして六月四日の開幕戦で、ドイツはスイスと対戦した。このときのイレブンの中の、ラフトル、シュマウス、モック、ハーネマン、ペッサーの五人は、もともとオーストリアチームの所属だった。

当日のゲームは、一対一で延長戦に入ったが、その後、両チームが一点ずつあげたものの決着がつかず、結局九日に再試合ということになった。九日の再試合にも、ラフトル、スコウマル、シュトロー、ハーネマン、ノイマーの五人のオーストリア人が加わったが、結局「大ドイツチーム」は、スイスに四対二で敗北し、ヒトラーの考えたアーリア人種の優秀性は証明されなかった。

ワールドカップ直前に起こったドイツとの併合は、オーストリアのサッカーにとっても少なからぬ影響を与えていた。というのも、プレーヤーの中にはユダヤ系の人たちが多かったからだ。オーストリアには一九〇九年創立の伝統ある「ハコアー」というユダヤ人の人たちのスポーツクラブがあり、サッカーでもウィーンリーグで活躍していた。ところが、併合によってクラブが解散させられただけでなく、ハコアーに関する試合記録自体が抹消されたのだった。

ユダヤ系の人々は、ハコアーというチームだけにまとまっていたわけではなく、さまざまなクラブに進出していた。ウィーンのサッカーチーム「オーストリア」の当時の事務責任者だったエゴン・ウルブリヒは、「私たちのチームには、はっきりとユダヤ系である者たちが多かった。だからみんな去らねばならないと考えた。私は彼らのために、あれこれと手を尽くしたのだ」と語っている。そして併合から何日もたたないうちに、オーストリアチームのユダヤ系プレーヤーたちは外国に逃れていったのだった。

このサッカークラブ「オーストリア」も、その名前が、かつての国をあらわしているのは好ましくないとして、一時期チーム名を「オストマルク」に変えさせられたりもした。「オーストリア」から「オストマルク」へのチーム名変更は、新たにやってきたナチ党員のクラブ指導者の、第二番目の命令だったのだそうだ。では、彼の第一の命令は何だったのだろうか。「ハイル、ヒトラー！　ハイル、ヒトラー！」と叫びながら事務局に入ってきた彼は、壁にかかっていたチーム・ドクターのエマヌエル・シュヴァルツの写真を見て、「この写真をすぐに外せ！　その代わりに総統の写真をかけるように！」と事務局員に向かって言った。

事務責任者のウルブリヒは、命令通りにヒトラーの肖像を壁に掲げることは掲げた。しかし、「ミッフル」というニックネームで呼ばれ、チームメイトから敬愛されていたエマヌエル・シュヴァルツの写真を、実は取り外さなかったのだ。

亡命を余儀なくされたシュヴァルツの写真は、第二次世界大戦中もずっとヒトラーの肖像の裏にあったのだという。

ステッキを持つフーゴー・マイスルとヴンダーチーム
（パウル・マイスナーの油彩画）

『ケッテンブリュッケのワルツ』

ハイリゲンクロイツァーホーフ

ウィーンの通りを歩いていると、いくつもの建物の外壁が、道路に沿って切れ目なく続いていることがよくある。次の区画まで行かないと、延々と続く外壁は途切れない。狭い路地だと、少し圧迫感を覚えるかもしれない。いま歩いている通りから、もう一本奥の通りに行こうとすると、建物沿いにぐるっと回って、かなり大回りしなければ行かれないことが多い。

でも、道路沿いの建物の門が開いていれば、そこを通って中庭にあたるところを抜けていくと、かなり近道ができたりする。おまけに門をくぐると、外の道とはまったく違った中庭の光景が突然目の前に現れて、新鮮な驚きも体験できる。

そんな中庭のひとつに、旧市街の一角のハイリゲンクロイツァーホーフの中庭がある。シェーンラテルネガッセから、緑色をした門を入ると、そこには、じつに静かな空間が広がっている。シュテファン大聖堂から続く観光客でいっぱいのローテントゥルムシュトラーセの喧騒など、遥かかなたのような静かな中庭だ。パウル・ヴェルトハイマーは「ハイリゲンクロイツァーホーフ」という題で、次のような詩を書いている。

静まりかえった中庭
むかし、子供のころ見たような
手回しオルガン弾きが
まだ緑色の門のところに立っている
小さな天使像は
葡萄の枝の絡まる垣根の向こうで
悪戯っぽそうに見ている
町中の喧騒から離れた小さな庭

この詩を書いたヴェルトハイマーという人は、文学史の本などでは、ふつう触れられていないかもしれないが、もともと弁護士であるのに、そのかたわら、評論もし、詩や小説、戯曲を作ったという、いかにもウィーンらしい人物だ。

現代では、この詩にあるような手回しオルガン弾きは、中庭のどこを見渡しても、イヴェントの時を除いては、さすがにもういない。しかし夏には中庭で、ちょっとした音楽会風の催しがあったり、蚤の市が開かれていることもある。この建物の南西の一角にあるベルンハルト礼拝堂はバロックの礼拝堂として有名だが、残念なことに、結婚式でもある時以外は、たいていは閉まっている。

礼拝堂の祭壇画を描いた画家マルティノ・アルトモンテも、晩年をこのハイリゲンクロイツアーホーフですごした。ここに住んでいたのは、他にも作家のイグナッツ・フランツ・カステリ、エドゥアルト・ペッツル、また、ナチスの時代にはその流れに迎合し、住まいを得るためには労働者に対する住宅政策に熱心な政党に近づくといった、ある意味で典型的なオーストリア人の代名詞ともなった『カール氏』という芝居の主人公が当たり役だった、俳優のヘルムート・クヴァルティンガー、そして現在のEUの考え方の先駆者ともいわれるリヒャルト・クーデンホーフなどもいる。

ハリゲンクロイツァーホーフは、その名の示すとおり、ウィーンの南にあるハイリゲンクロイツ修道院が、十三世紀初めころに、ここにあった建物を手に入れたのが起源とされている。当時は、約三百人もの修道士たちが住んでいた。ハイリゲンクロイツの修道院はシトー派の僧院で、皇太子ルドルフの心中事件のあつたマイヤーリングの近くにあり、オーストリアで最も古い僧院のひとつだ。

ハイリゲンクロイツァーホーフは、数世紀にわたって繰り返し増改築が行われていき、現在見られるような形になったのは、だいたい一七七一年ころになってからだった。もともと僧や修道士が住んでいたハイリゲンクロイツァーホーフだが、中世のウィーンで、むしろ宗教的より経済的な面で、重要な位置を占めていたのだそうだ。ここで焼かれるパンは、バウエルンマルクトで売られ、とても有名だったたし、いろいろな色の布を使った小さなかかとのついたスリッパのような履物も作っていて、ハンガリー向けにも出荷されていたのだということだ。

一方で、ハンガリーからは魚などを仕入れ、市場で売っていた。また、そのころはドナウ河でも捕れた四百キロもあるチョウザメのような魚が年間二百匹も運び込まれていた。この魚は修道士たちに精進食として出されたということだが、厳格な日常を過ごす彼らにとっては、この上ない御馳走だった。

しかし宗教改革や一五二九年と一六八三年のトルコとの戦いは、ハイリゲンクロイツァーホーフの性格を変えていくことになる。二回の戦役で家を失った人々を住まわせたり、戦禍で命を落としたキリスト教徒の孤児たちなどの住まいとしても使われたのだった。一五四八年の記録が残っているが、このころは、広いハイリゲンクロイツァーホーフの中に、たった二人の司祭と、一人の修道士、そして二人の見習い修道士しか暮らしていなかった。

そのころから、ハイリゲンクロイツァーホーフは賃貸のアパートとして貸されるようになったのだということだ。修道会は、パンや魚、スリッパなどに代わって、家賃に収入源を求めるようになっていったのだった。

ハイリゲンクロイツァーホーフ（イーゴ・ペッチュ画、1926年頃）

アンカーパンの広告

アンカーのパンといえば、オーストリアでは知らない人はいない。各所に売店があるし、スーパーでも袋入りのかたちで売っている。思い出してみると、ウィーンにいたころ、アンカーパンのヌスシュネッケという菓子パンのようなものをよく買った。シュネッケはカタツムリという意味のドイツ語だが、くるくると巻かれたパン生地の間にクルミやヘーゼルナッツがアプリコットとともに入っているという、日本人の舌からするとかなり甘いものだった。

アンカーパンは、もともとウィーンの十区ファヴォリーテンにハインリヒ・メンドルとフリッツ・メンドルの兄弟によって一八九一年に設立されているが、アンカーという名前は創立時からだ。当初は錨のマークが使われていた。錨は信頼や安全のシンボルということだが、そういえばホーアー・マルクトにあるアンカー時計も保険会社のものだ。ただしアンカーパンは保険会社とは関係はない。

現在のアンカーパンのマークは、赤白赤の地に麦の穂が描かれているもので、これは一九八五年から使われている。しかし、第二次世界大戦以前の古いものを見ると、錨がトレードマークだ。錨の中央にHFMと記されているのは、ハインリヒとフリッツそして苗字のメンドルの頭文字をとったものだ。

兄弟の創業した会社は、第一次世界大戦が勃発する一九一四年当時には千三百人の従業員をかかえる製パン業者に発展していた。しかし戦争は食料品に大きな影響を及ぼすことになる。小麦粉の値段は一九一四年から一五年にかけて約三倍に高騰した。そこで小表粉やパンは一九一五年、配給制に切り替えられたのだが、それでも主食であるパンを手に入れるのは、とくに貧しい層の人たちにとっては大変なことだった。

彼らは何時間もパンを求めて行列に並ぶのが日課となっていた。でも長蛇の列の後ろに並んだ末、結局、売り切れて何もない棚を見るだけ、ということもよくあったのだ。日々の糧にもこと欠く人たちのために、Freibrotという名で、無料のパンが配られたりもした。そのころの広告には、「貧しい人たちのために無料パンの献金をしましょう」といったものもあったのだった。

街中にあるさまざまな広告は、その町全体の雰囲気を作り出すことに、ひとつの役割を演じ、都市空間を生き生きとしたものとしている。同時に、街頭宣伝のスピーカーのように騒音をたてるのではなく、静かにメッセージや主張を伝えようとするのだが、やはりその時代を如実に反映してもいる。

アンカーパンの広告には、昔から興味深いものがたくさんある。例えば、錨のマークを背景にして、楽譜が書かれ、そこには「アンカーのパンだけ……、ただウィーンだけ……」と歌詞がつけられているのだ。さらに、音符のおたまじゃくしの部分には、シュテファン大聖堂と錨が描きこまれているというように、ウィーンへの思いにあふれたものだ。

一九三二年の広告には、「ウィーン子が休暇から帰ってくるとき、何が楽しみでしょうか？アルプスからひかれた水道の水と、そしてアンカーのパンです」と書かれている。ウィーンの水道は、遠くアルプスから引いてきているので飲用にも適しているし、そしておいしい。今でも、ウィーン人は、ウィーンの水をかなり誇りに思っているようだ。その水と並べてパンの宣伝をしたわけだ。

ウィーンの人たちの自負心をくすぐりながら、商品を売り込もうとする巧妙なやりかたにはちがいない。この言葉は、当時のウィーンの人は誰でも知っているといってもよいほど有名になる。そこで、アンカーパンは一九三五年には、次のような広告を出した。

上の部分には「ウィーン子が休暇から帰ってくるとき、何が楽しみでしょうか？」と小さく書かれ、それに続く「アルプスからひかれた水道の水と、そしてアンカーのパンです」という部分はない。そのかわりに夫婦と子供ひとりの家族が描かれている。父親は水道からコップに水をくんでいるところで、母親はパンをナイフで切り、子供はうれしそうにパンを持っているという絵だ。アンカーパンという名は一番下に、錨のマークとともにあるだけだ。

後半の言葉は、もう誰もが知っているという前提に立って作られている。この宣伝文句は、たしかに当時の傑作だった。それは、二十年近くたった第二次世界大戦後の一九五〇年、まったく同じ言葉を使った、広告が登場することからもわかる。

ところが今度はアンカーという名も、パンという言葉も見当たらない。ただ「ウィーン子が休暇から帰ってくるとき、何が楽しみでしょうか？」とプラカードには書かれているだけで、残った七割くらいの部分は空白のままだ。たまたま外国からやってきた人なら、いったいこの広告は何なのか、何の宣伝なのか、というより、そもそも、それが広告であるのかどうかすらわからない。

たしかに広告は、ただ物を売り込みさえすればよいというわけではないだろう。持続性のない一過性のものとしてとらえるのではなく、その時代の雰囲気や、その国や土地の地域性に根ざしたものである必要が、やはりあるのだということを、この広告はひとつの好例として感じさせてくれる。

シュラッハトハウス

ヨーロッパの食事はどこでもそうだが、オーストリアもやはり肉が中心となる。ウィーン料理の代表とされるのも、ウィーナーシュニッツェルやターフェルシュピッツ、それにツヴィーベルロストブラーテンなど、主として肉料理だ。

だから、もし肉が消費者に十分に供給されなかったりすれば大きな問題となるし、まして病気などで汚染されていたりすれば、すぐに大騒動となるのは、BSE騒動などをみても明らかだが、十九世紀前半のビーダーマイヤー時代も事情は同じだった。

ウィーン市当局は、一八三九年、衛生上問題のない食料品を提供するよう、また妥当な価格が保たれるようにと、市場管理局を設置した。しかし凶作も手伝って食料品の値段は天文学的数字といってよいほど、暴騰してしまうこともあった。価格の高騰だけではなく、食品の質の低下も大問題となる。そのころ伝染病がしばしば蔓延したが、それは汚れた飲料水や悪くなった肉類が主な原因だと、医師たちは言っていた。

そのような問題を解決するため、ウィーン市は公営の畜殺場（Schlachthaus）を新たに建てることとし、一八四六年、建設に取りかかったのだが、いわば、市の金庫は空といってもよいほどウィーン市の財政が逼迫しているころで、建設は遅々として進まなかった。

そうこうしているうちに一八四八年の革命騒動が起こってしまう。やっと畜殺場が機能しはじめるようになるのは一八五一年になってからだった。その当時、グンペンドルフ地区とサンクト・マルクス地区の二か所に畜殺場が造られた。サンクト・マルクス地区というのはモーツァルトが埋葬されたところとして知られる聖マルクス墓地を含む一帯だ。

その墓地からさほど遠くない場所の高速道路沿いに、いまでもサンクト・マルクス中央食肉市場という名前の大きな市場がある。さらに、十九世紀後半の約四十年ほどの間に、マイドリング、ヘルナルス、ヌスドルフといった地区に次々と畜殺場が造られていく。グンペンドルフとサンクト・マルクスの二か所だけでは、とても当時の人口増加による食肉需要に追いつけなかったからだ。

だが、十九世紀後半は、さまざまな輸送手段が発達した時期で、鉄道や路面馬車の線路も次々と敷かれたが、道路も改良や拡張がなされ、馬車でも以前よりずっと大量の物を運ぶことができるようになった。そこで市当局は、サンクト・マルクスを中央市場とすることにしたのだった。当時から広大な面積が確保されていたのは、将来の市場の拡張を見込んでのことだった。

しかし第二次世界大戦の爆撃によって、この畜殺場は、ほぼ完全に破壊され、再開されたのは一九五〇年になってからだった。三月十五日、長期間の中断のあと開かれた市場には、「一人あたり三キロの肉を買うために百五十人の買い手たちが開場前から列をなしていた」のだった。

ただもともと、サンクト・マルクスと牛とのつながりは古く、牛市場に運ばれる牛たちは、まずサンクト・マルクスに集められた。サンクト・マルクス近くの通りの名前にも、「家畜市場通り」(Viehmarktgasse) とか「畜殺場通り」(Schlachthausgasse) が今でも残っている。サンクト・マルクスに集められた牛たちは、そこから市内により近い、現在のラントシュトラーサー・ハウプトシュトラーセとウンガルガッセの間にあった牛市場に連れて行かれた。牛たちが近づくと、通りの店は閉められ、果物や小間物を売っている屋台も店じまいさせられた。馬に乗った騎兵やサーベルを抜いた兵士が、牛たちの列の先頭に立つという、ものものしい行列がなされていたのだそうだ。

ところで、十九世紀半ば、公営の畜殺場が造られるまでは、屠殺は民間業者の手によって行われていたが、牛や豚は生きたままウィーンに持ち込まなければならないという規則があった。家畜類を殺してから運び込むことは禁じられていたのだ。むろん衛生上の理由もあったのだろう。

そこで、家畜類をウィーンの肉屋に売ろうとする人は、町外れまで生きたまま連れてきて、さらに肉屋に運んでいくか、あるいはその場で殺さなければならなかった。その場所は現在のシュヴェーデン橋のあたりだった。シュヴェーデン橋というのは、北欧の国スウェーデンから取った名前で、第一次世界大戦後の、ウィーンの子どもたちに対する、スウェーデンの援助に感謝して、一九二〇年に名づけられた。それ以前の百年ほどは、フェルディナント橋と呼ばれていた橋で、フランツ二世の息子の皇太子フェルディナントにちなんだものだった。

ではそれ以前はどういう名の橋だったのかというと、じつは中世以来、シュラーク橋という名だったのだ。この橋は長い間、現在のドナウ運河の左岸から市内に入れる唯一の橋だった。橋の両端に遮断棒（Schlagbaum）が付けられ、ウィーンの東側から市内に入ってくる人や家畜類に対するチェックが行われていた。そのため、シュラーク橋という名で呼ばれていたのだといわれている。

橋のライトアップ

ドナウ河に架かる橋を見るには、船に乗って一巡りするのも一興かもしれない。船に乗って岸を眺めていると、『私の愛する人はドナウのほとりに住んでいる』というウィーナー・リートが思い浮かんできたりする。その二番の歌詞は次のようだ。

ウィーンを遠く離れて
見知らぬ人たちのなかにいると
口数も少なくなり、悲しくなるんです
夜も眠れなくなり、いつも我が家のことを思います
悲しく窓から外を眺め星を見つめて
遠くのウィーンのことだけを思います
私の愛する人はドナウのほとりに住んでいます
だから私をいつもひきつけるんです

『ケッテンブリュッケのワルツ』

私の愛する人、それは私の故郷
私の愛する人、それは私のウィーン

夜のとばりに包まれたウィーンも、ドナウ河やドナウ運河に架かるいくつもの橋をくぐりながら見ると、また情緒のあるものだ。

ウィーンには、例えばハンガリーのブダペストにあるセーチェニ橋のような、誰もがその町のシンボルだと言えるような橋はないかもしれない。ドナウを跨ぎブダ地区とペスト地区をつないでいるセーチェニ橋が、ライトアップされているのを見ると、ドナウの真珠と、この町が呼ばれるのも当然だと思える。

その一方で、ウィーンはドナウ河沿いにあるにしては、あまり橋自体が注目されることはない。しかしウィーン全体では、約八百以上もの橋があるということからしても、ここは橋の町といってもよいところだが、歴史的な価値のある橋が残っていることが少ない。

社会学者のジンメルは「風景の中での橋は、絵画的要素として感じられるのだ」と述べているが、その意味からすると、ウィーンには残念ながら、美的価値に優れた大規模な橋は少ない。

帝国橋が、崩れ落ちずに残っていたら、あるいはその前のルドルフ大公橋があったなら、また古いフロリツドルフ橋が残っていたなら、もっと趣き豊かだったに違いない。しかし帝国橋の崩落が、まるでトラウマのような働きをしたためか、その後に建造された橋は、どれも機能性などが優先されたものになっている。

一九二〇年代の末から三〇年代はじめに造られた橋で、いまも当時のかたちを残している有名なものとしては、ドナウ運河に架かるアウガルテン橋がある。第二次世界大戦末期に壊されたものの、再建されている。カール・ザイツ・ホーフやロイマン・ホーフといったアパートを設計したフーベルト・ゲスナーによるものだ。

ここには一七八二年に最初の橋が架けられた。ヨーゼフ二世が一七七五年市民に開放したアウガルテンに行くのに便利なようにと造られた木製の橋だったが、一八〇九年ナポレオンのフランス軍によって焼かれてしまった。

その後ようやく一八二九年になって、マリア・テレジア橋として新しく建造された。現在の名前であるアウガルテン橋と呼ばれるようになったのは、第一次世界大戦後のことだ。リベット打ちされた鉄や、縦長の照明が目をひくし、運河の川面から眺めると欄干の端にかけての曲線が美しい。歴史的建造物として保護されているが、そうしたことを際立たせようと一九九五年から、ライトアップも行われている。

片側七つほどの鉄の脚部が岸のほうから照明されて、奥が浮かび上がってくるのを見ると、ザルツブルクのフェルゼンライトシューレの劇場の照明を思い出したりする。アウガルテン橋の、すぐ上流にあるロサウアー橋は、一九八三年に出来た新しい橋だが、橋の脚部が花のように開いているユニークな形をしている。昼間はほとんど気づかないが、夜はライトアップされているので、ふと目を向けてしまう。近年の橋のライトアップの中では、ここが一番古く、一九九二年から照明がされている。

ドナウ運河の少し下流の、三区ラントシュトラーセからプラーターに向かうフランツ橋のライトアップも工夫が凝らされている。もともとこの橋は一八〇三年に完成した、中央に橋脚を持つ眼鏡橋のようなつくりの木製の橋だった。ヴァイスゲルバー橋というのが正式の名だったが、その姿の優美さから、ウィーンの人はみな「美しい橋」と呼んでいたのだそうだ。現在の橋は一九四八年に完成したものだが、橋の下側の部分に色々な照明があたるようにされ、また少し離れて見ると、川面にその光が反射して、柔らかな光が楕円形の輪になって広がっていく。

ウィーンの橋のライトアップを眺めながら、船に乗っていると、『私の愛する人はドナウのほとりに住んでいる』のメロディーが、ふと思い浮かんできたりもするのだ。

『ケッテンブリュッケのワルツ』

ヨハン・シュトラウス（父）のワルツに、『ケッテンブリュッケのワルツ』という曲がある。この曲を初めて聴いたのは、ウィーン・フィルのコンサートマスター、ライナー・キュッヒル氏のウィーン・リング・アンサンブルの演奏だった。

この曲は、ただ楽しげなワルツというのではなく、素朴さと洗練さの入り混じった微妙な陰影感もある。作品番号四ということが示しているように、かなり早い時期の作品だが、初期のシュトラウス（父）を代表する曲だ。

ケッテンブリュッケというのは、もともと鎖状に鉄輪をつないだ吊り橋のことなので、この言葉を聞いて、最初、ナッシュマルクト近くの橋を題名にしたのだろうと思っていた。というのも、地下鉄の四号線に、ケッテンブリュッケンガッセという駅があるからだ。近くにはシューベルトの亡くなった家も残っていて、記念館になっている。

しかしケッテンブリュッケンガッセという駅から外に出てみると、どこを見渡しても鎖橋など見あたらない。駅前にはナッシュマルクトの青空市場が続いているだけだ。オットー・

ワーグナー建築のマジョリカハウスの近くに、ウィーンの民謡歌手たちの溜まり場だったツーア・ケッテンブリュッケという名の料理屋が、昔からあったのだ、などと聞かされれば、きっと鎖橋の名残りぐらいはあるはずだとも思いたくなる。

たしかに、ここにはウィーン川という川があったし、いまもある。といってもナッシュマルクトのあたりでは、見えないのも当然で、川に蓋をして暗渠化してしまっているからだ。アン・デア・ウィーン劇場も、その名の示すとおり、本来ウィーン川沿いにあったわけだ。

ウィーン川の改修と暗渠化は、一八九六年から一九〇二年にかけて行われている。そこで、現在では、市の中心部では、市立公園のあたりからドナウ運河までの約一キロほどだけウィーン川が顔を出しているにすぎない。ここに架かる橋は、ドナウの橋と異なり、はるかに小さいものの、どれもウィーンのユーゲントシュティールの優雅なデザインが見られる。ドナウの橋は特徴がないともいえるのと比べれば、見ごたえのある橋が多い。

例えば、地下鉄四号線が一瞬だけ顔を出すところの上を跨ぐかたちで架かっている、ツォルアムトシュテークという歩行者用の橋もそうしたもののひとつだ。その時期の鉄道の鉄柵によく用いられたヒマワリ模様のデザインがあり、橋の中央左右には照明用の支柱が、やわらかな曲線を描いている。

ウィーン川は、通常はきわめて水量の少ない川だが、かつては繰り返し氾濫を起こしていた。また市街地の拡大の問題もあり、オットー・ワーグナーが一八九四年から、徹底的な改修と、暗渠化に取りかかったのだった。そこで、ピルグラムブリュッケより下流の、マグダレーネンシュテーク、ルドルフスブリュッケ、レーオポルツブリュッケ、シカネーダーシュテーク、エリーザベトブリュッケ、シュヴァルツェンベルクブリュッケ、テゲトフブリュッケといった橋は二十世紀になる前に、すべて撤去されたのだ。

このいかにも由緒ありそうな名前の並ぶ橋の中で、ルドルフスブリュッケというのが、吊り橋型の鎖橋として一八三〇年に完成したものだった。吊り橋型の鎖橋は、その頃の技術進歩の象徴的なものでもあった。十九世紀前半のウィーン市長アントン・ルムペルトにちなんでルムペルトガッセと名付けられていた通りが、その後、ケッテンブリュッケンガッセと改名されることになるわけだ。

しかし、ルドルフスブリュッケの完成年は一八三〇年となっている。一方、ヨハン・シュトラウス（父）が『ケッテンブリュッケのワルツ』を初演したのは、一八二八年の謝肉祭の時だ。ということは、彼のワルツは、この橋にちなんで名づけられたわけではないのだ。じつは、この橋の完成以前に、ウィーンには吊り橋型の鎖橋が、すでに他に二つもあったのだ。

シュトラウスの『ケッテンブリュッケのワルツ』のケッテンブリュッケとは、ドナウ運河沿いにあつたシェラーホーフの中の舞踏会場ケッテンブリュッケンザールにちなんで名づけられたものなのだ。

ヨーゼフ・ランナーの楽団から独立したシュトラウス（父）が、最初に活躍した演奏会場のひとつで、当時の銅版画を見ると、天井からは大きなシャンデリアがいくつも下がり、かなりの太さの円柱が並んでいて、その中央でたくさんの人たちがダンスをし、周りではダンスを眺めたり、椅子に座ったりしている人々の様子が描かれている。二階は楽団用になっている。ここで彼は演奏し、人気を得るようになっていったのだ。

このホールが、一八二八年に造られたドナウ運河を跨ぐ吊り橋型の鎖橋であった「カールスケッテンシュテーク」にちなんで、ケッテンブリュッケンザールと名づけられたのだ。一八二四年完成のソフィエン橋に続いてウィーンで二番目に造られた、吊り橋型の鎖橋で、それまでの石積みの橋とは違い、優雅な曲線の鋼鉄の鎖が宙に浮いたように見え、人目を引いていたのだった。

ところで、この橋を渡るのには通行料が取られたのだそうだ。だがそれでも、旧市街に住む人々は、一グルデンを払って、運河の向こうのケッテンブリュッケンザールに、シュトラウスの演奏に合わせてワルツを踊るために出かけていったのだろう。

カールスプラッツのウィーン博物館

ウィーンは町全体が博物館のような都市だと、よく言われるが、そうした町の中にあって、博物館の中の博物館といえば、まっさきに思い浮かぶのは、例えば、ヨーロッパでも有数のコレクションを誇る美術史美術館だ。外観からして、その内容にふさわしい堂々とした構えだ。他にも、ベルヴェデーレ宮殿のオーストリア絵画館とか、美術史美術館の西側のミュージアム・クオーターなど、芸術の伝統を、それにふさわしい書割りが包んでいる。

博物館の多い町だが、ウィーンそのものの歴史を知りたければ、カールスプラッツのウィーン博物館に行けばいいと言われる。カールスプラッツにはバロックの教会建築の最高傑作といわれる、壮大なカール教会がそびえているが、教会の左手にある近代的な建物が博物館なのだ。

でも中に入ってみれば、たしかにそこにはウィーンの歴史が詰まっている。ウィーンで出土した古代の壷などもある。そして十七世紀にトルコ軍がウィーンに攻めてきたときに残していった槍が、なんとなく誇らしげに展示されていたりするが、とくに見逃せないのは、いわゆる世紀末のクリムト、シーレ、ココシュカなどの絵画だろう。クリムトの代表作のひとつ「エミーリエ・フレーゲの肖像」は、この博物館が持っている。

また、世界的には知られていないかもしれないが、多くの佳品が見られるのは、ウィーンのビーダーマイヤー期の絵画だ。ウィーンの市井の日常的な生活を題材にしたヴァルトミュラーの絵を見ると、ふと心が安らぐ。やはりウィーン生まれの画家、ペーター・フェンディも当時の生活を好んで描いたが、彼はヴァルトミュラーよりも社会性を持った作品も手がけている。「凍えるブレーツェル売りの子」という作品が、ここでは見られる。現在の中央郵便局近くのドミニカーナーバスタイで、寒いどんよりとした冬の日、ブレーツェルを売る男の子ひとりだけが画面にいる。他に人影はなく子犬がいるだけだ。客がやってくる様子もない。コートの襟を立てポケットに手を入れた子は、しかし、うつむいているのではなく、遠くを見つめている。

この子は、いったい何を見ているのだろう。目の前の景色ではないかもしれない。ひょっとしたらビーダーマイヤーという時代そのものを見つめているのかもしれない、などといろいろな想像力をかきたててくれる絵だ。縦二十センチ、横二十センチもない小さな油彩画であるにもかかわらず、この博物館を訪れると、フェンディの絵の前で不思議と足を止めてしまったものだった。

ただ、やはりここに来るたびに気になるのは、なぜウィーン市の歴史に関する博物館の建物が伝統的な重厚な様式でない、現代的なものになっているのだろうかということだった。古くからある他の博物館などとの違いが、どうしても不思議に思え、調べてみた。

昔は、市立の博物館にあたるものは、市庁舎の中にあり、古文書や図書部門などと一緒だったのだそうだ。一八八七年に歴史博物館部門的なものが市役所内に作られることになり、一八八八年の市庁舎の完成後、廊下部分などを使って展示が行われていたが、収集品の増加とともにスペース不足の問題が起こり、ウィーン市は一九〇〇年、フランツ・ヨーゼフ皇帝の七十歳の誕生日を祝って、博物館を建設しようと決めていた。そして場所も、カールスプラッツということになっていたのだった。

リング通り沿いに続々と豪華な建築物が建ち並んでいった十九世紀末の最後の建物として、「皇帝フランツ・ヨーゼフ市立博物館」が計画された。当時、最も有名だった建築家オットー・ワーグナーも設計を行っていた。オットー・ワーグナーはウィーンを巨大なスケールで都市改造する案を持っていた。実際にはその一部が行われただけだが、もし仮に実現していたら「ポチョムキン都市」という批判どころではない、きわめて大規模な計画による、壮大な都市が出現したはずだった。

しかし幸か不幸か、オットー・ワーグナーの描いたような町は実現しなかった。ウィーン市は、そうした財政負担には耐えられなかったからだった。と同時に、計画中の市立博物館の建設も進まなかった。オットー・ワーグナーがカール教会の左に計画した、皇帝フランツ・ヨーゼフ市立博物館も実際に建設されることはなかったのだった。

さらにその後、第一次世界大戦が勃発したため、文化施設などを建設する時代ではなくなっていた。第二次世界大戦後の一九五三年になってから、あらためて建設に取りかかることが決定され、オズワルト・ヘルトルの設計で一九五九年四月二十四日にようやく完成した。だからじつに構想から約六十年もたってやっとできた建物だったのだ。鉄骨組みの建物で、あくまでも機能を優先している。外壁面に自然石を貼るなどというような工夫も見られるが、アドルフ・ロースのロースハウスほどではないにしても、建設当初はいろいろと「控えめな上品さ」をもった建物には議論があったそうだ。

しかし、オズワルト・ヘルトルが、ユーゲントシュティールのデザイナーのコロマン・モーザーやヨーゼフ・ホフマンのもとで学んだり助手をつとめていたのだという経歴を知ってはじめて、この一見素気なさそうな建物の、ウィーンの建築伝統のなかでの意味というものがわかってくるのだろう。

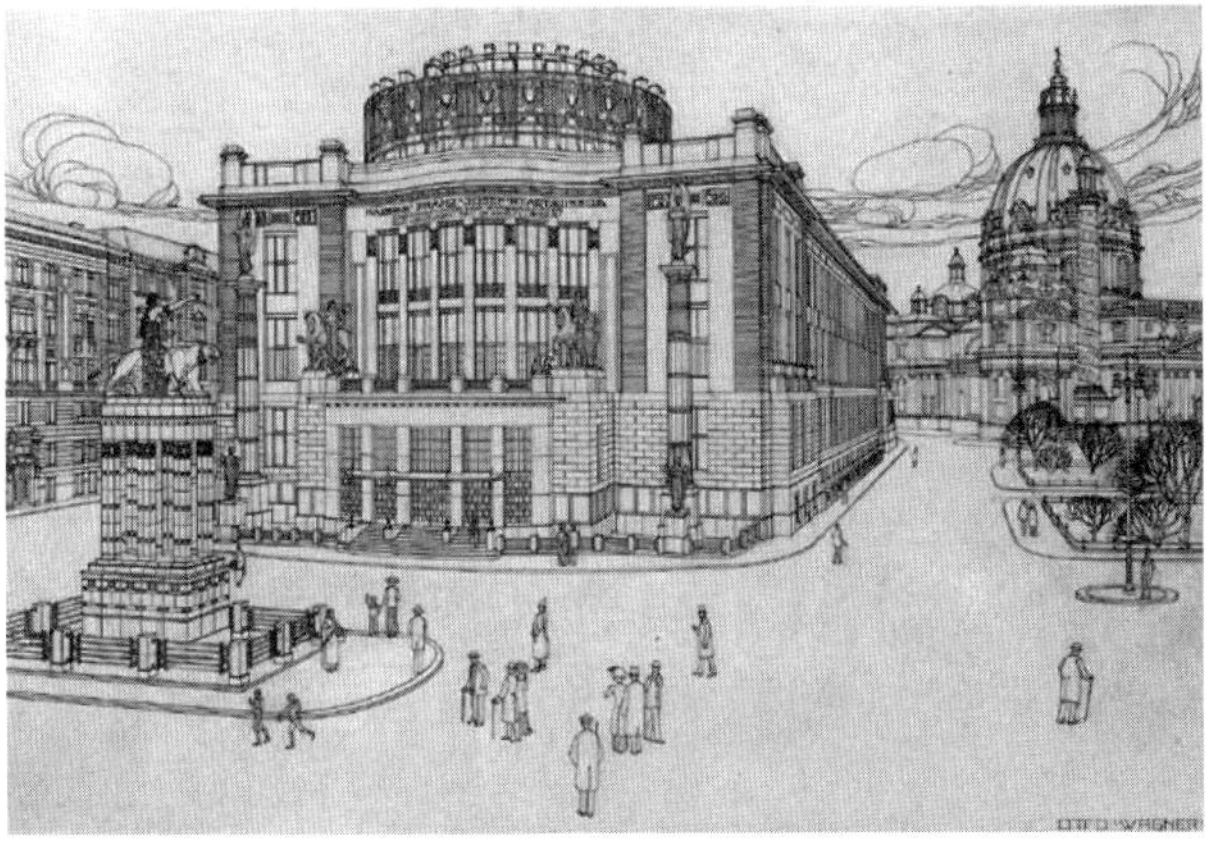

オットー・ワーグナーによる皇帝フランツ・ヨーゼフ市立博物館の構想図

ウィーンの「赤ひげ」

ウィーンの「赤ひげ」

夏休みのころには、数週間にわたって夏期休暇をとる店が多いが、個人医院も例外ではない。夏期休暇のため何月何日から何日まで休診という、二、三週間の期日を書いた紙が、クリニックの入口には、よく張られている。

この時期に、簡単な健康診断書を書いてもらおうとして、診察している医院を探そうと電話をかけまくったが、みんな休暇で出かけていて、開いているところを見つけるのが大変だった、という日本人の話も聞いたことがある。

年中無休の個人医院などというのは、どこの国でも、どんな時代でもあるはずはないと思っていたところ、ウィーンには二十世紀の初め、年中無休で、しかも深夜でも診てくれる医者がいたのだという話を、ある本で読んだ。医師の名前は、オスカー・ボーアといった。一八五八年に現在の三区ラントシュトラーセで生まれ、ギムナジウムを卒業したあと医学の勉強をしたが、学生結婚をしていて、ドクターの学位をとった年には、もう二人目の子どもが生まれていた。

一八八九年、彼はラントシュトラーサー・ハウプトシュトラーセとウンガルガッセの間のアーレンベルク公園近くの、バーリヒガッセというところで開業した。付近には、あまり知られていないが、しかし趣のある世紀末のユーゲントシュティールの建築物が今も残っているところだ。ここで四十年以上も彼は診療をおこなっていた。

ボーア先生は診療にあたって二つのモットーを持っていた。ひとつは、診療所にいるときには「いつでも、日曜でも、祭日でも、そして夜でも診察をおこなう」ということだった。二つ目は、「患者が支払うことができる額を越えた診療費は求めない」というものだった。

つまり、金を受け取らずに診察した病人たちが、たくさんいたということだ。それどころか、彼は薬代を患者のために自ら立て替えたりもしたし、さらには貧しい病人が寝ている部屋が、冬寒くないようにと、わざわざ石炭まで届けさせたこともあったのだそうだ。そして父親のいない子どもを抱えた女の人には、その家賃を払ってやったりもしたのだった。

彼は「貧しい人の守護天使」などとも呼ばれ、そのころのウィーンで誰一人知らない人はいない、いわば「ウィーンの赤ひげ」先生だった。ボーア先生のもとには、毎日患者たちがひっきりなしに訪れた。彼は一日に約百人近い病人を診察していたのだという。しかしボーア先生自身が金銭的に豊かになるということはなかった。他の医者たちからは、もちろん白い目で見られ、「人気取りをしているだけだ」といった批判は絶えなかったが、彼の診療所はにぎわい続け、若い医師も雇って、押し寄せてくる患者たちの診察にあたっていた。

だが、ボーア先生は七十歳を越えてから、裁判所の被告席に座らせられることになる。かつては専門医の不足から、麻薬中毒患者の治療を一般の開業医も行っていたのだが、医師たちは、そうした患者の治療にあたって、禁断症状に対処するためモルヒネを使っていた。ボーア先生も当然モルヒネを処方していたわけだ。

ところが彼の処方箋が、違法なモルヒネ取引業者のところで発見されたため、不正な横流しをしていたのではないかと問題にされたのだ。一説には、不法な業者が中毒患者を装ってボーア先生の診療所にやって来て、モルヒネがぜひ必要だと言い、彼から処方箋を入手したのではないかといわれている。

裁判所は、彼が注意を怠って、処方箋を安易に書いたということで、三日間の拘留刑との判決を出したが、ボーア先生についての同情の声が沸き起こり、『クローネン・ツァイトゥング』新聞は、法務大臣に宛てた五万人の請願署名を集めたのだった。

控訴審で、彼はついに無罪判決を獲得した。それを祝ってウィーンでは、松明行列まで行われたのだという。ボーア先生は、そのころ狭心症の症状がでてきていた。一九三五年五月八日、発作が起こったものの、自ら診療にもあたっていた。七十七歳の誕生日の五月十五日には、何千もの手紙や葉書、花束などが届けられたのだそうだ。

五月二十四日の朝には、手術まで行っている。しかしその日の昼食後、再び心臓発作に襲われ、帰らぬ人となった。オスカー・ボーア博士という名は、今ではほとんど知る人はいない。ウィーン史の本などに登場することもほとんどないし、たまたま書かれていたとしても、ほんの三、四行だけだ。

たしかにボーア先生は、マリア・テレジアの侍医スヴィーテンとか、十九世紀後半の外科手術の進歩に貢献したテオドーア・ビルロート、あるいは精神分析のフロイトなどと比べれば、まったく無名の町医者だった。だが彼は、まさしく市井の医師として、人々とともに生き、そして人々によって支えられた人物だった。

男爵劇場

十九世紀、ウィーンが近代都市として発展していく時代には、歴史の本などには、ほとんどあらわれない、さまざまな興味深い人物が登場する。ヨーゼフ・ディートリヒという男も、そんなひとりに違いない。

彼の仕事は運送屋だった。父はどこにでもいるような御者だったというが、ナポレオンとの戦争のおり、ヨーゼフは軍隊の戦時物資の補給、運搬にたずさわり、会社を拡大し巨額の利益を上げた。むろん熱心に商売に励んだからだったが、戦時下の物資輸送にもかかわらず、大きな被害を受けることがなかったのは、幸運という以外の何ものでもなかった。

いずれにしても彼は大きな富を築き上げ、皇帝から男爵という爵位まで授けられたのだった。しかし男爵になっても、ヨーゼフ・ディートリヒは、荒くれ者の多い御者と同じような振る舞いをしていたのだということだ。夏には、裸足のままで歩き回っていたし、使用人たちを大声で怒鳴りつけたり、殴ったりしていた。

肖像画をみると、口髭をはやし、丸々と太った顔をしているが、背丈は二メートル近くあり、百四十キロの巨漢の男で、馬もこぶして殴り倒すほどだったといわれている。金儲けに成功したディートリヒは、マッツラインドルフと呼ばれていた、現在の四区ヴィーデンの大通りに面したところに屋敷を構えることになる。それは普通の建物の六棟分もある大きな館で、「男爵の館」と近くの人々は呼んでいた。その屋敷で、粗野とも見られていたヨーゼフが行ったことは、意外なことだった。

ヨーゼフ・ディートリヒは、印刷業で成功し貴重な品々を蒐集していたことで知られるヨハン・フェルディナント・シェーンフェルトの骨董品を入手し、部屋を飾っていたのだ。ディートリヒは、それだけでなく、一八三七年、館の中に芝居用の舞台まで造らせたのだ。個人所有の劇場を屋敷内に設けるほど、彼は芝居が好きだった。ヨーゼフ・ディートリヒが一八五五年に亡くなったあと、ブルク劇場の役者ヴァレンティン・ニクラスは、この家庭内劇場で演劇学校を開いた。

学校とはいっても、授業を行うより、ゲーテやシラー、シェイクスピアなどを実際に舞台で演じて試してみるという、実験的でディレッタント的なものだった。

この舞台は、ディートリヒの娘婿の家の名をとってズルコフスキー劇場とか、あるいはまたニクラス劇場と呼ばれ、毎週木曜と日曜に芝居が演じられていた。ただし、普通と違うのは、役者のほうが出演料を払わなければならないことだった。端役なら、金を出す必要はなかったが、ちょっといい役になると五グルデンほど、主役や主役に準ずるような大きな役になると、二十グルデンも払わされた。二十グルデンといえば、平均的な労働者や下級公務員などの月収と、ほぼ同じくらいの額だった。

この劇場で初めて舞台に立った役者には、ヨーゼフ・カインツやヨーゼフ・レヴィンスキーなどといった、のちにブルク劇場の名優といわれた人たちもいる。

ヨーゼフ・ディートリヒが館の中に舞台を造った当初は、使用人の御者や馬番、事務員、そしてコックやメイドたちにまで芝居を演じさせていたという。毎週日曜日には、館の中の芝居は公開されていた。当時、この男爵の劇場には、娯楽の少なかった近隣の人々が訪れ見物していたのだった。もちろん彼の一人娘のアンナも柿落としのときから舞台に立っていた。

ところで、ディートリヒのかけがえのない劇場が、軍隊によって破壊されてしまったことがある。それは一八四八年の十月革命のときだった。

ヴィーデンのマッツラインドルフ一帯を制圧しつつあったクロアチア人の部隊は、ディートリヒの館のフレスコ画、喜劇の女神タレイアの姿を見て、自由の女神を描いたものだと思い込んだ。そこで、この屋敷の持ち主は革命主義者に違いないと、ドアや窓を引き剝がして侵入し、家具なども打ち壊したのだった。

たまたま居あわせた、ディートリヒの娘アンナの夫、ルートヴィヒ・ズルコフスキーは、殺されてしまったのだ。彼はポーランドの貴族の出だったが、アンナと一八四五年に結婚したばかりだった。

一方、ヨーゼフ・ディートリヒはどうしたかというと、建物内にいたものの難を逃れた。彼の部屋には、壁掛けの後ろに秘密のドアが作られていて、そこには、今でいうエレベーターのような昇降機が取り付けられていた。

この装置は、万一のためにと、ヨーゼフ自身が考え出し造らせていたものだったが、それを使って彼は地下室に降り、さらに地下道を通って見つかることなく、無事に建物の外側に出ることが出来たのだった。

革命騒動がおさまってから、ディートリヒ男爵は屋敷を修復した。もちろん芝居用の劇場も、元通りに上演が可能になった。その舞台では、未亡人になってしまった娘のアンナが、日曜ごとに主役を演じたのだそうだ。

『親父は家持ちで』

ウィーナー・リートに『親父は家持ちで』という三拍子の軽快な曲があり、その中には次のような面白い歌詞がある。

シラーやゲーテなんて家にはありません
博物館みたいなところで見たことがあるだけです
地理だって、チロルまでしか知らないし
でも、ビリヤードだったらお手のもの
『若きヴェルテルの悩み』なんて
僕たちには退屈きわまりないのさ
でも、ダンス教室なら
どこだってよく知っているのさ
それなら精神だとか何とかいう

よく分からないことは必要ないし
おまけにエレガントでしょ

こういった歌があれこれ歌われたあと、少しゆっくりしたリズムに変わって

だって親父は家持ちで
絹織物の工場をやっているんだ

と繰り返し歌われる。

建物の家主をしていれば、収入は十分あったのだろうということは容易に想像できる。また工場をもっていれば、なおさらだ。でも、ここで歌われているように、なぜ絹織物工場なのだろう。他の業種であってても別によさそうなものだ。しかし、じつはウィーンは、とくに十八世紀から十九世紀にかけて、絹織物がさかんなところだったのだ。なかでも現在の七区ノイバウには、絹織物工場がたくさんあった。

ノイバウは、商店が建ち並ぶマリアヒルファー・シュトラーセの北側の区で、比較的落ち着いた雰囲気のところだ。シュピッテルベルク、サンクト・ウルリヒ、ノイバウ、ショッテ

ンフェルトなどといった地区がまとまって、現在の七区をつくっている。最もギュルテル寄りのショッテンフェルト地区だったところには、今もザイデンガッセ（Seidengasse 絹通り）やバントガッセ（Bandgasse リボン通り）といった名前の通りがあるが、それは絹織物の工場がそこにあったことの名残りだ。

ペーター・ローゼッガーとともにオーストリアの主要な郷土文学者とされる作家エミール・エルトルも、絹織物業の家に生まれ、この地に住み、絹織物の家の物語を書いている。エミール・エルトルが生まれたのは一八六〇年で、すでに絹織物業の最盛期は過ぎていたころだった。一八四八年の革命騒動が起こってから、豪奢な物への需要は極端に落ち込み、撤退する絹織物業者があいつぐようになる。そして一八七五年には、ウィーンでは蚕の飼育は行われなくなってしまった。

絹織物が最も盛んだったのは十九世紀前半で、一八三九年にはショッテンフェルト地区だけで約三万人が住み、およそ三百もの絹織物工場があったのだそうだ。通りには二十を越える商店があり、カフェが四軒、そして一八〇七年に開場した有名なアポロザールなど、いくつもの舞踏会場があった。ショッテンフェルトの地区教会である聖ラウレンツ教会の記録帳には次のように書かれている。「一八一四年十月十五日から夜間に照明がされ、一八二六年には綺麗に舗装がなされ、地下には下水道が施された、この長く広い通りには、多くの上品で低層の家々が建っているが、そこにはヨーロッパの半分では知られるようになっているアポロザールもある」。

教会の記録にもあるように、いわばインフラ整備も進んだこの一帯は、通称、ブリリアント地区ともいわれるほどのところだったわけで、さきほどのウィーナー・リートも、そんな時代の、いわば甚六たちの歌なのだろう。

そもそもウィーンで絹製品の生産を行うようになったのはいつごろなのだろうかと思って調べてみると、それは十七世紀にまでさかのぼる。現在のニーダーエスタライヒ州のヴァルパースドルフで一六六六年から八二年にかけて絹製品が作られたとされている。

十八世紀、マリア・テレジアは絹織物生産を積極的に促進させ、またヨーゼフ二世は外国から絹の専門的な知識をもった人々を呼び寄せるとともに、一方で絹製品の輸入を禁止した。また彼が現在の七区に絹織物業者を居住させたのだった。

当時、絹織物の技術を身につけるには七年の修行期間が必要であるとされ、そうした修業を経て初めて職人になれたのだった。ところが親方は、修行を終えた職人をいきなり解雇し、代わりに、もっと若い男や女性に仕事をさせるということを頻繁に行った。もちろん、そのほうが安い賃金で雇えたからだ。

男の職人たちは「女性を織機につかせることへの反対」を唱えて一七七〇年、抗議行動にでた。そして百四十六人の職人が捕らえられたのだが、この反対行動は、逮捕者を出しただけでなく、むしろ男の彼らにとって逆効果を引き起こした。というのは公式に女性の就業が許可されることになってしまったからだ。

その結果、一七九〇年代初めには、訓練を受けた女性の機織工が五百人登場する。そしてさらに一八一三年になると女性の機織工は七千人にもなり、男の職人や見習いを合計したよりずっと多くなっていったのだった。

十九世紀に世界旅行をした女性
イーダ・プファイフアー

ウィーンの二月、三月は、まだ春の気配もほとんど感じられない。ファッシングやバルに興味を持って訪れる外国人もいないわけではないが、観光シーズンというには、まだ早い。けれども、こういう季節こそ、その町の本当の表情が見られるものだ。

しかし、めっきり観光客が減っているこの時期、目立つのは日本人の若い学生たちだ。どうしてこんな季節にわざわざやって来るのかと不思議に思っているウィーンの人たちからよく質問されたものだ。

そのたびに、彼らは大学卒業前の学生たちで、卒業旅行と称して出かけてくるのだと説明したのだった。なかには、見ているこちらのほうが心配になるような、一人旅の女子学生もいたりする。

しかし、いい時代になったものだとも思う。そのような学生の姿を見て、対極にあるようだと、ふと思い出したのは、十九世紀半ばに、たった一人で世界旅行に出かけたウィーン女性のことだ。

　そもそも、古くは、女性が旅行をするなどということは、考えられないことだった。わずかに許されたのは、例えば、健康上の理由から、湯治場に出かけるといったことなどだった。しかも一人旅などは論外で、必ず男性にともなわれて行かなければならなかった。しかし十九世紀になると、少しずつではあるが、女性たちも旅行に出かけるようになる。そうしたことの先がけとなった人物が、オーストリア人のイーダ・プファイファーという女性だった。

　彼女は、ケルンテン出身の織物業者ライアー家の娘として、一七九七年にウィーンで生まれ、五人の兄弟たちとともに成長していった。旅行への憧れや、自由さを好む少女だったが、家庭でのしつけは厳しかった。もちろん恋愛結婚などは許されず、かなり年上の弁護士マルク・アントン・プファイファーと一八二〇年に結婚した。

　二人の男の子をもうけたものの、結局、結婚生活はうまくいかず、一八三五年には二人の息子を連れて戻ってきてしまう。こうした話なら、どこにでもありそうなことだ。ところが彼女は、当時のビーダーマイヤー時代の女性たちとは違っていた。子育てが終わった四十代半ばになってから、海外旅行に出かけるという、若いころからの夢を現実化させてしまったのだ。

　一八四二年、まずコンスタンティノープルなど中近東への単独での旅行を行った。一年後、この旅行について『あるウィーン女性の聖地への旅』という題で旅行記を出版した。しかし最初は匿名だった。一八四六年の第三版になって、初めて彼女の名前が記されたのだ。

中近東への旅行に続き、一八四五年にはスカンジナヴィアとアイスランドに出かけ、一八四六年から四八年にかけては、ブラジル、タヒチ、香港、スリランカ、そして五一年には南アフリカ、インドネシア、ペルー、エクアドル、サンフランシスコ、カナダと回っている。さらに一八五六年にはマダガスカル島に旅行をする。このマダガスカルへの旅は、アレクサンダー・フンボルトが彼女に思いとどまるようにと忠告したにもかかわらず、敢行されたのだった。

プファイフアーは、旅行記で、それぞれの土地の生活、家事や子供の教育、日常的な暮らしについても、仔細に注意深く観察した様子を書き記している。例えばマダガスカルについて、「マダガスカルの人たちは、たくさんの奴隷を持っている。しかしその置かれた状態はヨーロッパよりずっとよい。労働すべき時間も少ないし、主人たちと同じものを食べている」というように記している。彼女は旅行中、現地の人々が食べているのと同じものを食べ、徒歩での旅行や、牛に引かれた簡素な車に乗っていくことも、いとわなかった。

時には、人食い人種のような原住民に取り囲まれ、生命の危険にさらされたこともあった。そのとき彼女が身を守るものとして手にもっていたのは、一本の傘だけだった。そして原住民に向って叫んだ。

「女性を食べることなどないだろう。どっちにしろ、私のように年とったものの肉は、もう硬いのだぞ」。

このことばだけ聞くと、どんなにか男勝りの女性に違いないと考えるが、実際は、ごく普通の、堅実で敬虔な、男のような振る舞いなどすることのない、どこにでもいるような女の人だった、と伝えられている。

ある伝記作家の記すところによれば、「この注目すべき女性は、外見的にも地味な人だった。彼女の体のほんの一部にも、女性解放主義者や、男勝りの女、アマゾネスといったものの片鱗もなかった。どんな点でも、ごく小さな家でのみ見られるような、そして、そうしたところにしかいないような、飾り気のない誠実な家庭の婦人であった」という。

しかしまたイーダ・プファイフアーは、女性というものは、家の中にだけ、そして台所にだけいるものではないということを身をもって示したのだ。彼女の著した書物は、多くの人々によって読まれたが、ただものめずらしいということではなく、学問的な価値も認められ、ベルリンやパリの地理学協会の名誉会員にもなったのだった。

虫取り網を持つ旅行着姿のイーダ・プファイフアー

女性の選挙権

オーストリアの選挙の様子というのは、日本からやってきた人には分かりにくい。街頭演説をしているわけではないし、宣伝カーでけたたましい音で叫んでいくわけでもないからだ。それでも町中に大きく張られたポスターや新聞などを見ていれば、各政党のシンボルカラーくらいは分かるようになる。オーストリアでは、例えば「黒」といえば国民党のことだし、「青」は自由党、「緑」はもちろん緑の党だ。「赤」は社会民主党や共産党が使っている。

議会でどの党派が議席を多く占めるかは、政治の方向を定めていくうえで、いつの時代、どこの国でも重要なことだ。そして、そこには民意がはっきりと反映されている必要があるというのは、現代では誰も疑うことはない。

ところが、ウィーンでは、そうした民主的な市議会選挙が初めて実施されたのは、第一次世界大戦後の、一九一九年五月四日のことだった。この選挙でウィーン市民が身分や男女の区別なく平等の立場で選挙権を行使することができるようになったのだ。

百六十五議席のうち、ちょうど百議席を社会民主党が占めた。それまで議会の多数派だったキリスト教社会党は五十議席にとどまった。残りの十五議席は四つの小党が獲得した。

そしてウィーン市長に選ばれたのはヤーコプ・ロイマンで、社会民主党以外の小党からも若干の支持を得て、百十票を獲得し当選した。彼は一九〇〇年に、フランツ・シューマイヤーとともに、わずか二人の社会民主党議員として市議会に選ばれた人物だ。

一九〇〇年に二人の社会民主党員が当選したのは、当時の選挙制度改革があったからだ。それまでの約五十年ほどは、選挙権があるのは三つの階級に属す人たちだけだった。すなわち家や土地などの資産を持つ者、聖職者や中級以上の官吏や将校、そして博士などにすぎなかった。

こうした人々は、いわば特権階級であるわけだが、そこで思い出すのは、ベートーヴェンにまつわる逸話だ。ベートーヴェンにはヨハンという弟がいた。金回りがよくなったヨハンは不動産の持ち主となり、兄ルートヴィヒに宛てた手紙に、次のような言葉を書いて送ってきた。

「ヨハン・ファン・ベートーヴェン。土地所有者」。それに対して兄ルートヴィヒは、返事の手紙の最後に、「ルートヴィヒ・ファン・ベートーヴェン。頭脳所有者」と書き記したのだといわれている。

この逸話はいろいろな本に書かれているので、比較的知られている。日本人がふつうに読むと、さほどの印象を持たないまま読みすごしてしまうことが多いのではないかと思うが、よく考えれば、何らかの肩書的なものが役割を演じることが多いということを表しているわけで、それほどヨーロッパは階級的な社会だということだ。ベートーヴェンには、ルートヴィヒ・ファン・ベートーヴェンと、ファン（van）という語が入っているが、貴族につけられるvonと混同され、ウィーンではむしろ得をしたとも伝えられている。階級社会という点は、ベートーヴェンの時代はもちろんだったし、その名残はその後も長く続いていく。

選挙権といったものも、特権階級によって独占されていたわけだが、十九世紀なかばになると、少しずつ動きが出てくる。そしてようやく一九〇〇年になって、一般市民ともいえる第四の階級にも選挙権が与えられることになった。第四の階級とされるのは、二十四歳以上の男性で、少なくとも三年以上ウィーンに居住し、定収入があることが条件だった。

では、どのくらいの数の市民が選挙権を持つことになったのだろうか。一九一二年の統計によれば、第一の階級が二万五千六百十二人、第二の階級が六万六千五百五十四人、第三の階級が八万六百五十四人、そして新たな第四の階級が三十七万二千九十五人だった。ところが当時ウィーンは、約二百万人もの人口をかかえていたのだから、まだ不十分だった。

十九世紀前半までのことを思えば、長足の進歩ともいえなくはない。というのも十九世紀前半には、選挙を行えるのは、ウィーン全体で約九千人足らずの特権階級の男たちだけだったからだ。

しかし一九〇〇年に第四の階級に選挙権が与えられたといっても、それはまだ平等のものではなかった。階級によって議員選出数に差があったのだ。最初の三つの階級は、それぞれ四十八人ずつの議員を出すことができたが、第四の階級は二十一人だけだった。二十一というのは当時のウィーンの区の数と同じで、つまり各区から一人ずつということだ。

一九一二年の得票率は、第四の階級では社会民主党が四九・七パーセント、キリスト教社会党が四三パーセント、自由党は二・六パーセントであったにもかかわらず、議会全体の議席数としては、キリスト教社会党は百三十五、自由党も二十を得ている。その一方で、社会民主党は十議席を獲得したにすぎなかった。

それでも、少しずつではあるが、選挙権についての状況は、変わってきていたのは見てとれる。一八四八年の革命騒動のときにも選挙権は大きな問題だったし、一八九〇年には初のメーデーが行われ、そして一九〇五年十一月には約二十万人の人々が平等な選挙権を求めて大規模なデモを行った。その成果は、一九〇七年一月二十六日、皇帝が平等な直接選挙の権利を国民に与えると布告したように、徐々に現れていく。

だが、まだ大きな問題が残っていた。女性には、いまだに平等の参政権がなかったのだ。一八五〇年の制度改革で、女性も政治参加の道が作られたかに見えた。ところがそれには次のような条件が付けられていた。まず女性自らが家や土地の資産を持っていること。さらに選挙権を自分で行使することはできず、それを夫に委ねねばならないとされていたのだ。だから、女性の参政権は、まったく名目的なもので、完全な平等が実現するのは、やっと第一次世界大戦後の一九一九年になってからのことだった。

『オーストリアって何でしょう』

ボヘミヤのプラーター

　プラーターには、メリーゴーラウンドやジェットコースター、お化け屋敷など、いろいろなものも並んでいるが、こうした場所を、まるで自分の家の庭のように駆け回っていた子供は、プラーターっ子（Praterbua）と呼ばれていた。

　彼らは、たいていプラーターの近くに住んでいる子供たちで、プラーターのことなら、大人たちが行く飲み屋もふくめて何でも知っていた。どこの沼や池にカエルやイモリ、トンボ、オタマジャクシ、それにサンショウウオやヒルがいるかもわかっていた。また湿地帯のそばにあるクワ、ヤマリンゴ、野生のナシの木などに登ったり、リスやコガラス、モグラなどを追いまわし、木とゴムで作った、ウィーン方言でZwuschlというパチンコで狙い撃ちしたりしていたのだった。

　野生の動物の姿が少なくなる冬には、氷の張った池でスケートをして遊んでいたが、まだそんなに寒くない秋の日には、プラーターのハウプトアレーの並木道で、学校の友だちと、トチの実をぶつけ合ったりしていた。また彼らは、かつて花火が上げられていた、現在のシュトゥーヴァーシュトラーセあたりの広い草地で凧あげをするのが好きだった。

凧は、標準ドイツ語では、頭は鳥、胴は蛇の空想の動物である竜（Drache）と同じ言葉で言い表される。ウィーンでも、ちょっと音が変わっただけのDrachterという言い方もあるが、よく出てくるのは、ラフラー（Rafler）という言葉だ。四角の骨だけで作られたシュパンラー（Spanler）とは違い、ラフラーは十字に組んだ骨の上に、フープ状の細い木が付けられていて、風を受けると帆のようにふくらんで、空高くあがって行く。

凧あげをしている子のまわりに集まった子どもたちは、歓声をあげる子もいるかと思えば、「落ちろ、落ちろ！」（Geigl a! Geigl a!）と、はやしたてる者もいる。言われたほうの子供も黙ってはいない。凧に向かって、落ちないように次のような呪文めいた言葉を言うのだ。

ラフラーよ、ラフラーよ
頑張れ、持ちこたえるのだ
体面を汚してはならぬ
子どもたちが罵ったとしても
彼らが叫べば叫ぶほど
より高く上るのだ

このように唱えても、凧は、落ちるときには落ちる。落ちて引っかかったところが、ポプラやニレといった背の高い木の場合には、いくらふだんから木登りに慣れている彼らでも、登って取るわけにはいかない。

そこで登場するのが使い慣れたパチンコだ。凧あげをしていた子も、はやしたてていた子も一緒に、狙い定めて引っかかった凧を撃ち落とそうとするのだった。凧あげがよくされたのは、プラーターの他では、ジンメリンガー・ハイデとか、ファヴォリーテンのラーアーベルクといったところだった。

ファヴォリーテンは、現在の十区で、そのラーアーベルクといっても外国人には馴染みがなさそうだ。ファヴォリーテンは、古くからボヘミヤやモラヴィア地方からの、出稼ぎ労働者たちが多く住みついていたところだった。ウィーン中心部からは南にあたり、地下鉄のロイマンプラッツ駅が中心の区だ。

ウィーンに住んだ人なら、誰でもきっと一度は食べたことのある、アンカー・パンの工場もある。第一次世界大戦後のオーストリア第一共和制の時代には、世界最大のパン屋だったそうだ。

またアンカー・パンのすぐ近くには、ジーメンスのソフトウェアセンターもあるが、もともとファヴォリーテンという地区は、大きな工場が多かったところで、煉瓦造りの工場が十九世紀末の様子をとどめている。外壁に煉瓦をそのままむき出しで使っているのは、ウィーンではめずらしい。

　ところで、実は、ここファヴォリーテンにも、「プラーター」といわれるところがある。本家の二区のプラーターにある、いわゆる「ヴルシュテル・プラーター」(Wurstelprater) のような遊園地で、ボヘミヤからの労働者たちが手近なところで楽しむことができる場所として、一八八〇年代には、もう造られていたのだ。

　今でも一九二〇年代の雰囲気が残されているといわれるが、オーストリアでも最も有名だったサッカー選手マティアス・シンデラーなども、この「ボヘミヤのプラーター」(Böhmischer Prater) で遊んだ、貧しい子供たちの、ひとりだったのかもしれない。

エスダース百貨店

　ウィーンでデパートといわれるところに入ってみると、どことなく日本のデパートとはイメージが違う。日本では、高価な骨董品や不動産まで売っていたりするし、中には美術館まであるようなところもある。

　それと比べると、ドイツやオーストリアのデパートは、日本でいえば、洋服などの衣料品も置いている大きめのスーパーに近いといったほうがよいかもしれない。店員が、あれこれと相談にのるのは専門店で、デパートでは品物を自分でレジまで持っていくのがふつうだ。少し凝ったものがほしいとか、特に探している品物があるとすれば、やはり専門店のほうに足が向く。ひとつの店で何でも揃うという考え方を、彼らはしていない。

　ところで、シュテファン・エスダース百貨店（Warenhaus Stefan Esders）というのを知っているかと、ウィーンの人に尋ねてみると面白い。若い人ならウィーンの南にある大規模なショッピングセンター（SCS）かどこかに出来た新しいデパートか、と逆に聞かれかねない。かなり年配の人でないと、かつてあった、このデパートの名前を覚えていない。

それもそのはずで、一九六四年に閉店した店だからだ。十九世紀末から二十世紀初頭には、ヘルツマンスキー、ゲルングロースとともにマリアヒルファーシュトラーセにあった有名なデパートで、三軒の中で最も市の中心部寄りにあった。しかし、第二次世界大戦による打撃などに起因する経営の悪化から店じまいをしてしまった。

そもそもウィーンにデパートが出来るのは、パリやロンドンから比べれば、ずっと遅れていた。十九世紀前半、西ヨーロッパの主要な都市には、次々とデパートが誕生していたにもかかわらず、ウィーンにはデパートが出来なかった。一八四八年の革命騒動もあり、経済的発展が停滞していたし、十九世紀後半になっても、デパートは既存の商店を圧迫するのではないかという議論も繰り返されていたためだ。しかし時代は、次第に大量生産、大量消費に向かっていた。商品の販売に携わる人がどのくらいいたのかを示す統計が残っている。

一八九〇年、五万九千人だったのが、一九一〇年には十一万人になり、自営販売者に対する被雇用店員の比率も二倍になっているし、被雇用店員の中に占める女性の割合も十七％から三十二％になっていた。

そのような時期と、マリアヒルファーシュトラーセに、何軒ものデパートが出現する時期とは、まさに重なりあっている。これらのデパートでは、洋服類も「つるし」で売られた。ウィーンの人たちは、「つるし」を意味するドイツ語の von der Stange をちょっともじって、

von の代わりにオランダ語風に van を使って、van der Stange などと言い、つるしで買うことを「ダッチ買い」などと、ふざけて呼んでいたのだそうだが、いずれにしても、商品の生産の工業化は、洋服にも及んでいたのだ。

事実、一八九五年に開店したエスダース百貨店は、一階と二階が店舗で、三、四階は洋服の縫製工場になっていて、生産と販売が文字通り直結していた。エスダース百貨店は、開店当初は「大工場」(Zur großen Fabrik) と大きく書かれていた。上の階には、このデパートの持ち主であるシュテファン・エスダース自身の住まいもあった。

エスダースは、ウィーン生まれではなくハノーファー近郊の出身で、ブリュッセル、パリ、ベルリン、ロッテルダム、さらにサンクト・ペテルブルクにも洋服店や工場を持っていたが、ウィーンはこれから成長する都市と見て、現在の十九区デーブリングに広大な庭園を持つヴィラを構え住みついた。その場所は今、彼の名前をとってシュテファン・エスダース・プラッツという地名になっている。

エスダースは、ヘルツマンスキーやゲルングロースとマリアヒルフアーシュトラーセに並んで競いあっていたのだが、アウグスト・ヘルツマンスキーはシュレジアの出身、アルフレート・ゲルングロースはニュルンベルク近くの出というように、いずれもウィーン生まれではない。しかしそれだけに、デパート王とも呼ばれた彼らは、旧来の因習的なものにとらわれない発想で経営を行った。

ゲルングロースが、日曜の完全な休日化と十九時閉店を導入したのは、当時としては画期的だった。ヘルツマンスキーは、値引き交渉が当然だった時代に定価販売を行ったが、その価格設定も利益をぎりぎりまで切り詰めたので成功した。エスダースは新聞広告を盛んにおこなったし、店員に対して報奨金制度を設けて売り上げが伸びるようにさせたりもした。また現代風のデパートとは違って、日本でも老舗のデパートには残っているような重厚で豪奢な建物だった。

内部に入ると、中央にはガラスで屋根が作られた吹き抜けがあった。樫の木で出来た手すりのついた広々とした階段があり、絨毯が敷きつめられていた。開店翌日の新聞記事は、「豪華さと壮麗さにあふれた大都会の姿」だと書かれているが、十九世紀末のウィーンという都市の一面を表しているのは確かだった。

『オーストリアって何でしょう』

シュテファン・エスダース百貨店の広告（1917 年）

もうひとつのオリンピック

四年毎に開かれる世界的なスポーツの祭典であるオリンピックは、その時々の世界の政治情勢がさまざまなかたちで影を落とすことも多い。たしかにスポーツは、いつの時代でも必ずしも非政治的なものではなかった。

そもそもスポーツというもの自体、十九世紀末からブルジョワ階級の楽しみとして生まれてきたものだった。近代スポーツは、主として金と時間に余裕のある富裕な人々の同好会的な組織によって支えられ発展した。そうしたスポーツ同好会の会費はとても高額で、むしろそのことによって、限られた人しか参加できない特権的なステータスのシンボルともなっていたのだ。

一般の会社員や公務員、自営業者、そしてもちろん労働者たちなどが、会員になれるようなものではなかった。しかし、しだいに一般庶民も力を持ち始めるようになる。収入も良くなり、そこでいわば、ブルジョワのスポーツと、労働者たちのスポーツという二分化が、第二次世界大戦のころまで存在したのだといわれる。

そうしたことの表れとして、従来からのオリンピックと並んで、一九二五年には「労働者オリンピック」というものが開かれたのだった。この第一回大会の開催地はドイツのフランクフルトで、続く第二回が、一九三一年にオーストリアのミュルツツーシュラークとウィーンで、それぞれ冬と夏の大会として行われた。

ミュルツツーシュラークは、ウィーンの南西にあるシュタイヤーマルク州の町だが、この冬季労働者オリンピックには、八か国から二百三十二人の男子選手と四十一人の女子選手が出場し、一万人の観客が訪れた。しかしこの数字は、やはり少ないというべきだろう。というのも、もともとウィンタースポーツは、用具や装備にお金がかかるわけで、労働者たちにとっては、誰でもできるというものではなかったからだ。

一方、ウィーンで開かれた夏の労働者オリンピックの出場者数は驚くべきほどだった。十七か国から七万七千百六十六人にものぼった。翌一九三二年のロサンゼルス・オリンピックの出場選手数が、千四百八人であったことからしても、ウィーンの労働者オリンピックの人数の多さがわかる。

つまり、当時の労働者オリンピックは、たんに成績を競い合うのではなく、まさしく参加することに意義があるものだった。勝利者になること、金、銀、銅のメダルを取ること等が前面に出る「ブルジョワの」オリンピックとは異なり、「労働者の」オリンピックでは、もちろん勝者は記録に残るものの、メダルも優勝カップも与えられることはなかった。

一九三一年のウィーンの労働者オリンピックは、七月十九日、市庁舎前の広場での子どもたちの祭りで始まった。子どもたちは、その後、リング通りに沿って行進をしていった。そしてこの大会の最大のイヴェントは、プラーターで一万人が参加した体操だった。ちょうどプラーターには、オットー・エーリヒ・シュヴァイツァー設計のスタジアムが、七月十一日に開場していた。このプラーター・スタジアムについて、当時の『アルバイター・ツァイトゥング』紙は「この上なく豊かなロマンチックな手つかずの自然の中の、文明の城」のようだと書いている。

プラーター・スタジアムでは、オーストリアの歴史に残るサッカーの試合も行われることになるわけだが、労働者オリンピックの時には、スタジアムの中央にやぐらが組み上げられ、そのまわりで、ごく普通の服装をした労働者たちが、体操をしている写真が残っている。そして、ウィーンの労働者オリンピックは、七月二十一日に十万人の人々がリング通りをパレードし幕を閉じている。

このような大会が開けたのも、一九二〇年代の「赤いウィーン」という時代があったからだろう。しかし、時代は変わりつつあった。

労働者オリンピックと同じ時、国際労働者会議がウィーンで開かれたが、その折、社会民主主義の指導者オットー・バウアーは、「世界史的には、これかあれかという時なのだ」「諸政府の政策によって、またファッショ的な危険な冒険から資本主義を方向転換させることによって民主主義を救うのか、あるいはまた、あらゆる手段による戦い、文明の破滅、社会主義が著しく決壊していくかの、いずれかなのだ」と述べた。

ウィーンの労働者オリンピックには、ドイツ、チェコスロヴァキア、フランス、ベルギー、オランダ、イギリス、ポーランドや北欧諸国から選手団がやってきた。だがもちろん、すでにファシズム化していたイタリアからは、来なかった。

イタリアでは、労働者によるスポーツ団体活動は禁止されていたからだ。そして、同じことは、二年後にはドイツで、そしてその翌年には、オーストリアへと広がっていった。

第二回のウィーン大会に続いて、第三回大会は一九三六年、スペインのバルセロナでの開催と決まっていた。しかし、内戦によって開催不可能となり、開催地はベルギーのアントワープに移された。だが、そこにはオーストリアからの選手団の姿は、もはやなかった。

ロイマン・ホーフとカール・ザイツ・ホーフ

ハイリゲンシュタット駅近くの、長さ一キロにも及ぶカール・マルクス・ホーフは、最近ではガイドブックに載っていることもあり、比較的知られるようになってきたが、一九二〇年代の「赤いウィーン」と呼ばれる時期には、この他にも数多くの公営アパート群が建てられた。

ウィーンの人に、この時代の代表的なアパートをいくつか教えてほしいと言えば、カール・マルクス・ホーフの他に、五区のロイマン・ホーフ、二十一区のカール・ザイツ・ホーフなどをあげるだろう。ロイマン・ホーフやカール・ザイツ・ホーフは、名所めぐりのコースからは外れているので、その付近で観光客の姿を目にすることはほとんどない。しかし一九二〇年代のウィーンの都市政策のありかたを考える上では、とても興味深い建物だ。

第一次世界大戦後のウィーンには、夜の寝場所を確保することすら困難な人々がたくさんいた。当時そうした人たちが夜を過ごしていた所の一つに、二区レーオポルトシュタットの「ホテル・ガルニ」というところがあった。むろん、ホテルとは名ばかりで、六つの大広間があり、それぞれの部屋には四十のベッドが並んでいるだけだった。それでもベッドに寝られればよいほうで、藁布団を使えば八十ヘラーかかったが、ベッドの使用はその倍の値段がしたからだ。おまけに門限に遅れると、一クローネを払わねば中に入れてもらえなかった。

作家ヨーゼフ・ロートは次のように書いている。「レーオポルトシュタットは貧しい区だ。六人家族の住む小さな住まいがあり、五十人か六十人の人たちが床で寝ている小さな宿がある。プラーターには住むところのない人々が眠り、駅近くには全ての労働者たちの中でも最も貧しい人々が住んでいる」。

そうした時代、ウィーンでは、住宅政策を推進することがもちろん急務であったわけだ。その代表的なもののひとつとされる五区のロイマン・ホーフは、マルガレーテン・ギュルテル沿いにあり、一九二四年から二六年にかけて建設された。こうしてギュルテル沿いに建てられていった労働者住宅群から、シンボリックに「プロレタリアートのリング通り」と呼ばれたりもした。

ロイマン・ホーフは、中央部分の窓が襞状にデザインされ、左右の部分に対していくぶん高く配置された、きわめてシンメトリックなデザインのアパートで、四百八十世帯が入居し、建物内には幼稚園や十九の商店までもが造られた。これは、赤いウィーンと呼ばれる時代の「人民の邸宅」というコンセプトを具体化したものだった。

ロイマン・ホーフという名がつけられているが、ロイマンと問いても外国人はほとんど知らないかもしれない。第一次世界大戦後、つまりハプスブルク帝国が崩壊して、オーストリアが共和制となった後の、初めての社会民主主義のウィーン市長ヤーコプ・ロイマンにちなんだものだ。

同じように二十一区のアパートの名につけられたカール・ザイツという名前も、馴染がないかもしれないが、彼はロイマンの後をついで一九二三年十一月十三日ウィーン市長となり、一九二〇年代の福祉的政策を推進していった人物だ。

カール・ザイツの父は材木や毛皮を扱う商人だったが、一八七五年、彼が六歳のとき急死してしまう。母は生活のため、残された六人の子どもたちのうち、年長の二人を養護施設に預けざるを得なかった。その一人がカールだった。

ヤーコプ・ロイマンも父親のいない貧しい家庭で育ったが、カール・ザイツも施設で幼い頃を過ごしていたのだ。後に彼は学校の教員となり、社会民主主義教員連盟を創設し、オーストリアの社会民主主義を代表するひとりとなっていく。

しかし一九三〇年代、オーストリアのファシズムがしだいに台頭し、ついに三四年、彼は市長の座を強制的に追われ、しばらくの間拘束されることになる。さらに第二次世界大戦中の一九四四年には、ヒトラー暗殺に関与していたとの嫌疑から捕らえられ、終戦まで強制収容所で過ごすことになるのだった。

一九四五年七月二十九日、現在のカール・ザイツ・ホーフの前で、彼の帰還を祝う集まりが行われたが、それはさながら祭りのようだったと伝えられている。その場で、後にウィーン市長となるフランツ・ヨナスは、それまではたんにガルテンシュタットと呼ばれていたこの建物を、カール・ザイツ・ホーフと呼ぼうではないかと演説している。

中央に時計台をもち、正面が半円形の弧のかたちになったカール・ザイツ・ホーフは、千百七十三世帯のためのアパートとして、一九二六年から建設された。赤いウィーンの建築物の中でも、最も記念碑的なもののひとつとされている。その柔らかい円形のためか、カール・マルクス・ホーフのような威圧感は少ない。

ところで、ロイマン・ホーフもカール・ザイツ・ホーフも、フーベルト・ゲスナーという人の設計だ。オットー・ワーグナーのもとで勉強をした建築家で、ウィーンツァイレ沿いの、ユーゲントシュテイール的要素も感じられるフォアヴェルツといった建物を一九一〇年に建てた人としても知られているが、彼は、早くから社会民主主義に積極的に関与し、赤いウィーンのアパートも多く手がけた建築家だった。

しかしナチスは、政治家だけでなく建築家も見逃すことはなかった。一九三八年、ナチスはフーベルト・ゲスナーに対して、建築家としての活動を禁止している。

上：ロイマン・ホーフ（5区）を背景に「プロレタリアートのリング通り」と書かれたイラスト（1930年）
下：やわらかな弧を描くカール・ザイツ・ホーフ（21区、1926年建設開始、1933年完成）

『オーストリアって何でしょう』

ウィーンを舞台にした、かつての有名な映画といえば、誰でもすぐ思い浮かぶのは、第二次世界大戦直後の『第三の男』とか、あるいは、もっと古いところでは、戦前の『会議は踊る』などかもしれない。どちらも有名な主題曲で知られている。『第三の男』でのツィターの「ハリー・ライムのテーマ」や、『会議は踊る』の、主演女優リリアン・ハーヴェイの歌う「ただ一度だけ」のメロディーは、映画を見たことのない人でも、きっと耳にしたことはあるだろう。

この二つの映画の制作年は二十年ちかくも間があいているが、「両方の映画に出ているウィーンで有名な俳優は誰か?」というのはかなり高度なクイズになりそうだ。

『第三の男』ではアパートの管理人として登場し、また『会議は踊る』ではホイリゲの歌手として歌っている俳優だ。その名はパウル・ヘルビガーという。彼は三百本以上もの映画に出演した名優だったが、日本で出ている映画解説の本などでは、パウル・ヘルビガーについてふれられていることは、ほとんどないといってもよい。

彼はまた、ウィーナー・リートの歌い手としても知られ、今でも「懐かしのメロディー」といった類のテレビ番組では、しばしば思い出の歌手として映像が流れるし、多くのCDも発売されている。美声というわけではないが、じつに味わい深い、これこそウィーンという歌を聞かせてくれる。

『会議は踊る』のなかのホイリゲのシーンで、ヘルビガーが登場し、有名な「ウィーンとワイン」を歌う。さらにラストシーンで、リリアン・ハーヴェイに代わって「ただ一度だけ」を歌っている。

ただ一度だけ、二度とはない
あまりに素晴らしすぎて
本当とは思えないほど
まるで奇跡のように
天から黄金の光が降りそそいでくる

手袋屋の女店員クリストルを演じるリリアン・ハーヴェイの歌は、喜びにあふれたシーンで歌われるが、ラストシーンで、ロシア皇帝と別れねばならなくなった彼女の前で、ヘルビガーは、同じ「ただ一度だけ」を思い入れたっぷりに歌うのだ。

パウル・ヘルビガーは、ハンス・モーザーとともに、最もウィーン的な俳優の一人といわれ、ネストロイやライムントの劇に欠かせない役者としてブルク劇場などでも活躍した。「宮廷俳優」といった称号も得たのちも、ブルク劇場の公演で自分が出演する日は、控え目な彼は、ひとりで列車に乗ってウィーンまで通っていたのだそうだ。

さらにヘルビガーが、現実を冷静に見る目をもっていたことは、「以前はコンサートには、みんな音楽を聴きにいったものだが、今では指揮者を見に行くのだ」と語ったということからもうかがえる。

また彼が俳優として活躍していた時期は、オーストリアがナチスドイツに併合され、第二次世界大戦に突き進んでいったころでもある。

じつは一九四五年、抵抗運動に加担したという理由でゲシュタポに捕らえられ死刑の判決を受けている。しかし死刑は執行されず、ウィーン陥落の直前に釈放されたのだった。

第二次世界大戦のころの映画は、もちろんプロパガンダ的なものが多く制作されたが、その一方で、オペレッタを映画化した、娯楽性の強いものが多く作られていた。なぜそのころ、そうした映画が多く制作されたのかについては疑間をおぼえるところだが、ひとつには時代状況から庶民の目をそらせるといつた役割もあったのだろう。

『ブルク劇場』などの名作で知られる監督ヴィリー・フォルストは「奇異に聞こえるかもしれないが、本当だった。私は最もオーストリア的な映画を、オーストリアがその存在を失ったときに作ったのだ」と言っている。

たしかにこの時期、『不滅のワルツ』、『オペレッタ』、『ウィーン気質』、『シュランメルン』といった、「非政治的」映画が数多く作られた。ゲッベルスによって、一九四四年、演劇の劇場が閉鎖されたのちも、二百を越すウィーンの映画館では、映画の上映が続けられていた。

しかしパウル・ヘルビガーが出演した映画『シュランメルン』では、「オーストリアって何でしょう?」というウィーナー・リートは、歌詞を変えて歌わなければならなかったのだ。というのはオーストリアという国はなくなっていたわけで、ドイツ帝国の一部のオストマルクと呼ばれていたからだ。この歌には次のような箇所がある。

ウィーンに住んだこともなく
リンツも知らなくて
グラーツの町を
歩いたこともなく
天国のようなザルツブルクを

見たこともないなら
オーストリアが何かなんて
ぜんぜん分かりません

最後の「オーストリアが何かなんて、ぜんぜん分かりません」というところで、「オーストリア」という言葉を使うことは許されなかった。この部分は「そこが、どんなに素晴らしいか、ぜんぜん分かりません」と歌われたのだった。

映画『シュランメルン』は人気を呼び、何か月も上映された。しかし映画館にやってきた観客たちは、このウィーナー・リートが映画の中で歌われるシーンになると、庶民のせめてもの抵抗として、元の歌詞の「オーストリアが何かなんてぜんぜん分かりません」と、大きな声で歌ったのだそうだ。

映画『シュランメルン』（1944 年）から。ヨハン・シュランメルを演じているのはパウル・ヘルビガー

あとがき

一九八七年の秋から二年間、私はウィーンに暮らした。生まれてからずっと横浜に住んでいた私にとって、住民票もウィーンに移しての初めての引越しだったが、それはウィーン大学客員教授として、主に日本学専攻の学生たちを教えるという仕事のためだった。

私の授業をとる学生たちは、少なくとも二年以上は日本語を勉強している中級以上の学生たちで、彼らにドイツ語を日本語に訳す練習をさせたり、宿題として出した課題の添削などをした。オーストリア人の先生が『アエラ』の記事をドイツ語に訳す授業をしていたので、私はオーストリアの『ディ・プレッセ』新聞などから簡単な文章の記事を日本語に訳させたりしてみた。また日本学の図書室に山のように積まれていた『朝日ジャーナル』の中の記事を読んで、自分の意見を言わせるといったこともした。

担当した授業は週五コマだった。日本の大学では最大の行事ともいえる入試が、オーストリアの大学にはまったくなく、さらに客員教授という身分のため、大学のさまざまな会議への出席は免除されていた。雑多な業務から一切解放された貴重な時間を、授業準備や、関心をもったことを調べることに思う存分使えた。さらに、ウィーンフィルの定期公演やニューイヤーコンサート、そして室内楽、オペラ、オペレッタなどの音楽も堪能できた。

ウィーン大学での経験は貴重だったし、また日常の生活でも得難い体験を数多くした。その時思ったのは、ウィーンという町は、暮らしてみると、ありきたりのイメージとは違うさまざまな表情を持っているということだった。じっくりと観察すると、いままで見えなかった襞のようなものも見えてくる。その中に何が潜んでいるのか、またそもそも襞はどうして出来上がったのかなど、興味や疑問が次々と湧いてきて尽きることがない。

そうして調べたことを『月刊ウィーン』誌に毎月書くようになって、もう四半世紀以上がたつ。『月刊ウィーン』誌は、昨年の二〇一四年六月に三〇〇号が出た息の長い情報誌だ。一九八九年の創刊号以来、ウィーンについてのあまり知られていない話題ばかりを取り上げながら毎月欠かさず書き続けている私の連載も、この三月で三〇九回目を数える。今回、その中から、四十数号分ほどを選び出して、加筆、修正し一冊にまとめてみた。

今回の出版にあたっては、一橋大学名誉教授の諏訪功先生から貴重なご助言をいただき、同学社社長の近藤孝夫さん、編集部の並里典仁さんには、制作段階でたいへんお世話になったことを、特にこの場を借りて感謝申し上げたい。

二〇一五年三月

河野純一

河野純一（こうの じゅんいち）

1947　横浜生まれ
1972　東京外国語大学大学院修了
1987〜1989　ウィーン大学客員教授
1990〜2013　横浜市立大学教授
現在　横浜市立大学名誉教授

主要著書
『ウィーン知られざる世紀末』（京都書院）
『ウィーン音楽の四季』（音楽之友社）
『ウィーン路地裏の風景』（音楽之友社）
『ウィーンのドイツ語』（八潮出版社）
『横顔のウィーン』（音楽之友社）
『ハプスブルク三都物語』（中央公論新社）

ウィーン遺聞

2015年3月25日
定価 本体 1,600円（税別）

著　者　河　野　純　一
発行者　近　藤　孝　夫
発行所　株式会社　同学社

〒112-0005　東京都文京区水道1-10-7
電話　03-3816-7011
振替　00150-7-166920

印　刷　研究社印刷株式会社／製　本　井上製本所
ISBN 978-4-8102-0307-3 Printed in Japan
落丁・乱丁本は送料小社負担にてお取り替えいたします。